JN210148

『ハリー・ポッターと謎のプリンス6-1 ―人物紹介』

ハリー・ポッター
ホグワーツ魔法魔術学校の六年生。緑の目に黒い髪、額には稲妻形の傷。幼いころに両親を亡くし、マグル（人間）界で育ったので、十一歳になるまで自分が魔法使いであることを知らなかった

不死鳥の騎士団
ダンブルドアとともにヴォルデモート卿と戦う魔法使いと魔女の組織

死喰い人
ヴォルデモート卿に従い、忠誠を誓った魔法使いと魔女の呼び名

コーネリウス・ファッジ
魔法大臣。自らの地位を守るため、ヴォルデモート卿の復活を断固認めなかったが……

ナルシッサ・マルフォイ（シシー）
ハリーの宿敵ドラコの母親。死喰い人である夫のルシウスは、現在アズカバンに投獄されている

ベラトリックス・レストレンジ（ベラ）
ヴォルデモート卿に最も忠実な死喰い人。ナルシッサの姉で、シリウスとはいとこにあたる

セブルス・スネイプ
「魔法薬学」の教師だが、「闇の魔術に対する防衛術」の教師の座をねらっている。陰湿なたちで、ハリーの父親との学生時代の因縁から、ハリーをも憎む。不死鳥の騎士団のメンバーだが……

ワームテール
闇の帝王のしもべ。またの名をピーター・ペティグリュー

ニンファドーラ・トンクス
姿を自在に変えられる「七変化」。不死鳥の騎士団のメンバーで、そそっかしいが優秀な闇祓い

ダーズリー一家（バーノン、ペチュニア、ダドリー）
ハリーの親せきで育ての親とその息子。ペチュニアは、ハリーの母親であるリリーの姉

ヴォルデモート（例のあの人、トム・マールヴォロ・リドル）
闇の帝王。ハリーにかけた呪いがはね返り、死のふちをさまよっていたが、ついに復活をとげた

To Mackenzie,
my beautiful daughte,
I dedicate
her ink and paper twin

インクと紙から生まれたこの本を、
双子の姉妹のように生まれた
私の美しい娘
マッケンジーに

Original Title: HARRY POTTER AND THE HALF-BLOOD PRINCE

First published in Great Britain in 2005
by Bloomsbury Publishing Plc, 50 Bedford Square, London WC1B 3DP

Japanese edition first published in 2006

This book is published in Japan by arrangement with
the author through The Blair Partnership

第1章　むこうの大臣

まもなく夜中の十二時になろうとしていた。執務室にひとり座り、首相は長ったらしい文書に目を通していたが、内容はさっぱり頭に残らないまま素通りしていた。さる遠国の元首からかかってくるはずの電話を待っているところなのだが、いったい、いつになったら電話をよこすつもりなのかといぶかってみたり、やたら長くてやっかいだったこの一週間の、ふゆかいな数々の記憶を押さえ込むのに精いっぱいで、ほかにはほとんど何も頭に入ってこなかった。

開いたページの活字に集中しようとすればするほど、首相の目には、政敵の一人のほくそ笑む顔がありありと浮かんでくるのだった。今日も今日とて、この政敵殿はニュースに登場し、ここ一週間に起こった恐ろしい出来事を（まるで傷口に塩を塗るかのように）いちいちあげつらったばかりか、どれもこれもが政府のせいだとぶち上げてくださった。

何のかんのと非難されたことを思い出すだけで、首相の脈拍が速くなった。連中の言うことときたら、フェアじゃないし、真実でもない。あの橋が落ちたことだって、まさか、政府がそれを阻止できたとでも？　政府が橋梁に充分な金をかけていないなどと言うやつの面が見たい。あの橋はまだ十年とたっていないし、なぜそれが真っ二つに折れて、十数台の車が下の深い川に落ちたのか、最高の専門家でさえ説明のしようがないのだ。

それに、さんざん世間を騒がせたあの二件の残酷な殺人事件にしても、警官が足りないせいで起こったなどと、よくも言えたものだ。一方、西部地域に多大な人的・物的被害を与えたあの異常気象のハリケーンだが、政府が何とか予測できたはずだって？　その上、政務次官の一人であるハーバート・チョーリーが、よりによってここ一週間かなり様子がおかしくなり、「家族と一緒に過ごす時間を増やす」という体のいい理由で辞職したことまで、首相であるこの私の責任だとでも？

「わが国はすっぽりと暗いムードに包まれている」としめくくりながら、あの政敵殿はニンマリ笑いを隠しきれないご様子だった。

残念ながら、その言葉だけは紛れもない真実だった。たしかに、人々はこれまでになくみじめな思いをしている。首相自身もそう感じていた。天候までもが落ち込んでいる。七月半ばだというのに、この冷たい霧は……変だ。どうもおかしい……。

首相は文書の二ページ目をめくったが、まだまだ先が長いとわかると、やるだけむだだとあきらめ、両腕を上げて伸びをしながら、憂うつな気持ちで部屋を見回した。瀟洒な部屋だ。上質の大理石の暖炉の反対側にある縦長の窓はしっかり閉じられ、季節はずれの寒さをしめ出している。首相はブルッと身震いして立ち上がり、窓辺に近寄って、窓ガラスを覆うように立ち込めている薄い霧を眺めた。ちょうどその時、部屋に背を向けていた首相の背後で、軽い咳払いが聞こえた。

首相はその場に凍りつき、目の前の暗い窓ガラスに映っている自分のおびえた顔を見つめた。この咳払いは……以前にも聞いたことがある。首相はゆっくりと体の向きを変え、がらんとした部屋に顔を向けた。

「誰かね？」声だけは気丈に、首相が呼びかけた。

答える者などいはしないと、ほんの一瞬、首相はむなしい望みを抱いた。しかし、たちまち返事があった。まるで準備した文章を棒読みしているような、てきぱきと杓子定規な声だった。声の主は――最初の咳払いで首相にはわかっていたのだが――あのカエル顔の小男だ。長い銀色のかずらをつけた姿で、部屋の一番隅にある汚れた小さな油絵に描かれている。

「マグルの首相閣下。火急にお目にかかりたし。至急お返事のほどを。草々。ファッジ」

絵の主は答えをうながすように首相を見た。

「あー」首相が言った。「実はですな……今はちょっと都合が……電話を待っているところで、えー……さる国の元首からでして――」

「その件は変更可能」絵が即座に答えた。

首相はがっくりした。そうなるのではと恐れていたのだ。

「しかし、できれば私としては電話で話を――」

「その元首が電話するのを忘れるように、我々が取り計らう。そのかわり、その元首は明日の夜、電話するであろう」小男が言った。「至急ファッジ殿にお返事を」

「私としては……いや……いいでしょう」首相が力なく言った。

「ファッジ大臣にお目にかかりましょう」

ネクタイを直しながら、首相は急いで机に戻った。椅子に座り、泰然自若とした表情を何とか取りつくろったとたん、大理石のマントルピースの中で、薪もない空の火格子に、突然明るい緑の炎が燃え上がった。首相は、驚きうろたえたそぶりなど微塵も見せまいと気負いながら、小太りの男がこまのように回転して、炎の中に現れるのを見つめた。

まもなく男は、ライムグリーンの山高帽子を手に、細じまの長いマントのそでの灰を払い落としながら、かなり高級な年代物の敷物の上にはい出てきた。

「おお……首相閣下」

コーネリウス・ファッジが、片手を差し出しながら大股で進み出た。

「またお目にかかれて、うれしいですな」

同じ挨拶を返す気持ちにはなれず、首相は何も言わなかった。ファッジに会えてうれしいなとは、お世辞にも言えなかった。ときどきファッジが現れることだけでも度肝を抜かれるのに、その上、たいがい悪い知らせを聞かされるのが落ちなのだ。

ファッジは目に見えて憔悴していた。やつれてますますはげ上がり、白髪も増え、げっそりした表情だった。首相は、政治家がこんな表情をしているのを以前にも見たことがある。けっして吉兆ではない。

「何か御用ですかな？」

首相はそそくさとファッジと握手し、机の前にある一番硬い椅子をすすめた。

「いやはや、何からお話ししてよいやら」ファッジは椅子を引き寄せて座り、ライムグリーンの山高帽をひざの上に置きながらボソボソ言った。「いやはや先週ときたら、いやまったく……」

「あなたのほうもそうだったわけですな？」

首相は、つっけんどんに言った。ファッジからこれ以上何か聞かせていただくまでもなく、すでに当方は手いっぱいなのだということが、これで伝わればよいのだがと思った。

「ええ、そういうことです」

ファッジはつかれた様子で両目をこすり、陰気くさい目つきで首相を見た。

「首相閣下、私のほうもあなたと同じ一週間でしたよ。ブロックデール橋……ボーンズとバンスの殺人事件……言うまでもなく、西部地域の惨事……」

「すると――あー――そちらの何が――つまり、ファッジ大臣の部下の方たちが何人か――関わって――そういう事件に関わっていたということで？」

ファッジはかなり厳しい目つきで首相を見すえた。

「もちろん関わっていましたとも。閣下は当然、何が起こっているかにお気づきだったでしょうな？」

「私は……」首相は口ごもった。

こういう態度を取られるからこそ、首相はファッジの訪問がいやなのだ。やせても枯れても自分は首相だ。何にも知らないガキみたいな気持ちにさせられるのはおもしろくない。しかし、そう言えば最初からずっとこうなのだ。首相になった最初の夜、ファッジと初めて会ったその時からこうなのだ。きのうのことのように覚えている。そして、きっと死ぬまでその思い出につきまとわれるのだ。

まさにこの部屋だった。長年の夢とくわだてでついに手に入れた勝利を味わいながら、この部屋にひとりたたずんでいたその時、ちょうど今夜のように、背後で咳払いが聞こえた。振り返ると小さい醜い肖像画が話しかけていた。魔法大臣がまもなく挨拶にやってくるという知らせだった。

当然のことながら、長かった選挙運動や選挙のストレスで頭がおかしくなったのだろうと、首相はそう思った。しかし、肖像画が話しかけているのだと知ったときの、ぞっとする恐ろしさも、そのあとの出来事の恐怖に比べればまだましだった。暖炉から飛び出した男が、自らを魔法使いと名乗り、首相と握手したのだ。

ファッジはご親切にもこう言った。魔女や魔法使いは、いまだに世界中に隠れ住んでいる。しかし首相をわずらわせることはないから安心するように。魔法省が魔法界全体に責任を持ち、非魔法界の人間に気取られないようにしているから――ファッジが説明する間、首相は一言も言葉を発しなかった。

さらにファッジはこう言った。魔法省の仕事は難しく、責任ある箒の使用法に関する規制から、ドラゴンの数を増やさないようにすることまで（この時点で首相は、机につかまって体を支えたのを覚えている）、ありとあらゆる仕事をふくんでいる。そしてファッジは、ぼうぜんとしている首相の肩を、父親のような雰囲気でたたいたものだ。

「ご心配めさるな」と、その時ファッジは言った。

「たぶん、二度と私に会うことはないでしょう。わがほうでほんとうに深刻な事態が起こらないかぎり、私があなたをおわずらわせすることはありませんからな。マグル――非魔法族ですが――マグルに影響するような事態に立ちいたらなければということですよ。それさえなければ、平和共存ですからな。ところで、あなたは前任者よりずっと冷静ですなあ。前首相ときたら、私のことを政敵が仕組んだ悪い冗談だと思ったらしく、窓から放り出そうとしましてね」

ここにきて首相はやっと声が出るようになった。

「すると――悪い冗談、ではないと？」最後の、一縷の望みだったのに。

「ちがいますな」ファッジがやんわりと言った。「残念ながら、ちがいますな。そーれ」

そしてファッジは、首相のティーカップをスナネズミに変えてしまった。

「しかし……」

ティーカップ・スナネズミが次の演説の原稿の端をかじりだしたのを見ながら、首相は息を殺して言った。

「しかし、なぜ――なぜ誰も私に話して――？」

「魔法大臣は、その時の首相にしか姿を見せませんのでね」

ファッジは上着のポケットに杖を突っ込みながら言った。

「秘密を守るにはそれが一番だと考えましてね」

「しかし、それなら」首相がぐちっぽく言った。

「前首相はどうして私に一言警告して――？」

ファッジが笑いだした。

「親愛なる首相閣下、あなたなら誰かに話しますかな？」

声を上げて笑いながら、ファッジは暖炉に粉のようなものを投げ入れ、エメラルド色の炎の中に入り込み、ヒュッという音とともに姿を消した。首相は身動きもせずその場に立ちすくんでいた。言われてみれば、今夜のことは、口が裂けても一生誰にも話さないだろう。たとえ話したところで、世界広しといえども誰が信じるというのか？

ショックが消えるまでしばらくかかった。過酷な選挙運動中の睡眠不足がたたってファッジの幻覚を見たのだと、一時はそう思い込もうとした。ふゆかいな出会いを思い出させるものはすべて処分してしまおうとあがきもした。スナネズミを姪にくれてやると、姪は大喜びだった。

さらに、ファッジの来訪を告げた醜い小男の肖像画を取りはずすよう首相秘書に命じもしたが、肖像画は首相の困惑をよそに、てこでも動かなかった。大工が数人、建築業者が一人か二人、美術史専門家が一人、それに大蔵大臣まで、全員が肖像画を壁からはがそうと躍起になったがどうにもならず、首相は取りはずすのをあきらめて、自分の任期中は、何とぞこの絵が動かずにだまっていますようにと願うばかりだった。絵の主がときどきあくびをしたり、鼻の頭をかいたりするのをたしかにちらりと目にした。そればかりか、泥褐色のキャンバスだけを残して、額から出ていってしまったことも一、二度ある。しかし首相は、あまり肖像画を見ないように修練したし、そんなこんなが起こったときには必ず、目の錯覚だとしっかり自分に言い聞かせるようになった。

ところが三年前、ちょうど今夜のような夜、ひとりで執務室にいると、またしても肖像画が、ファッジがまもなく来訪すると告げ、ずぶぬれであわてふためいたファッジが、暖炉からワッと飛び出した。上等なアクスミンスター織のじゅうたんにボタボタ滴を垂らしている理由を、首相が問いただす間もなく、ファッジは、首相が聞いたこともない監獄のことやら、「シリアス・ブラック」とかいう男のこと、ホグワーツとか何とか、ハリー・ポッターという名の男の子とかについてわめき立てはじめた。どれもこれも、首相にとってはチンプンカンプンだった。

「……アズカバンに行ってきたところなんだが」

ファッジは山高帽の縁にたまった大量の水をポケットに流し込み、息を切らして言った。

「何しろ、北海のまん中からなんで、飛行も一苦労で……吸魂鬼は怒り狂っているし――」

ファッジは身震いした。

「――これまで一度も脱走されたことがないんでね。とにかく、首相閣下、あなたをお訪ねせざるをえませんでしたよ。ブラックはマグル・キラーで通っているし、『例のあの人』と合流することをたくらんでいるかもしれません……と言っても、あなたは、『例のあの人』が何者かさえご存じない！」

ファッジは一瞬、とほうに暮れたように首相を見つめたが、やがてこう言った。

「さあ、さあ、おかけなさい。少し事情を説明したほうがよさそうだ……ウィスキーでもどうぞ……」

自分の部屋でおかけくださいと言われるのもしゃくだったし、ましてや自分のウィスキーをすすめられるのはなおさらだったが、首相はとにかく椅子に座った。ファッジは杖を引っ張り出し、どこからともなく、なみなみと琥珀色の液体の注がれた大きなグラスを二個取り出して、一つを首相の手に押しつけると、自分も椅子にかけた。

ファッジは一時間以上も話した。一度、ある名前を口にすることを拒み、そのかわり羊皮紙に名前を書いて、ウィスキーを持っていないほうの首相の手にそれを押しつけた。ファッジがやっと腰を上げて帰ろうとしたとき、首相も立ち上がった。

「では、あなたのお考えでは……」首相は目を細めて、左手に持った名前を見た。

「このヴォル——」

「名前を言ってはいけないあの人！」ファッジがうなった。

「失礼……『名前を言ってはいけないあの人』が、まだ生きているとお考えなのですね？」

「まあ、ダンブルドアはそう言うが」

ファッジは細じまのマントのひもを首の下で結びながら言った。

「しかし、我々は結局その人物を発見してはいない。私に言わせれば、配下の者がいなければ、その人物は危険ではないのでね。そこで心配すべきなのはブラックだというわけです。では、先ほど話した警告をお出しいただけますな？　けっこう。さて、首相閣下、願わくはもうお目にかかることがないよう！　おやすみなさい」

ところが、二人は三度会うことになった。それから一年とたたないうち、困りきった顔のファッジが、どこからともなく閣議室に姿を現し、首相にこう告げたのだ。

――クウィディッチ（そんなふうに聞こえた）のワールドカップでちょっと問題があり、マグルが数人「巻き込まれた」が、首相は心配しなくてよい。「例のあの人」の印が再び目撃されたといっても、何の意味もないことだ。ほかとは関連のない特殊な事件だと確信しており、こうしている間にも、「マグル連絡室」が、必要な記憶修正措置を取っている――。

「ああ、忘れるところだった」ファッジがつけ加えた。

「三校対抗試合のために、外国からドラゴンを三頭とスフィンクスを入国させますがね、なに、日常茶飯事ですよ。しかし、非常に危険な生物をこの国に持ち込むときは、あなたにお知らせしなければならないと、規則にそう書いてあると、『魔法生物規制管理部』から言われましてね」

「それは――えっ――ドラゴン？」首相は急き込んで聞き返した。

「さよう。三頭です」ファッジが言った。「それと、スフィンクスです。では、ご機嫌よう」

首相はドラゴンとスフィンクスこそが極めつきで、まさかそれ以上悪くなることはなかろうと願っていた。

ところがである。それから二年とたたないうち、ファッジがまたしても炎の中からこつぜんと現れた。今度はアズカバンから集団脱走したという知らせだった。

「集団脱走？」

聞き返す首相の声がかすれた。

「心配ない、心配ない！」

そう叫びながら、ファッジはすでに片足を炎に突っ込んでいた。

「全員たちまち逮捕する――ただ、あなたは知っておくべきだと思って！」

首相が「ちょっと待ってください！」と叫ぶ間もなくファッジは緑色の激しい火花の中に姿を消していた。

マスコミや野党が何と言おうと、首相はバカではなかった。ファッジが最初の出会いで請け合ったこととは裏腹に、二人はかなりひんぱんに顔を合わせているし、ファッジのあわてふためきぶりが毎回ひどくなっていることにも、首相は気づいていた。魔法大臣（首相の頭の中では、ファッジを『むこうの大臣』と呼んでいた）のことはあまり考えたくなかったが、この次にファッジが現れるときは、おそらくいっそう深刻な知らせになるのではないかと懸念していた。

そして今回、またもや炎の中から現れたファッジは、よれよれの姿でいらいらしていたし、ファッジがなぜやってきたのか理由がはっきりわからないと言う首相に対して、それをとがめるかのように驚いている。そんなファッジの姿を目にしたことこそ、首相にとっては、この暗澹たる一週間で最悪の事件と言ってもよかった。

「私にわかるはずがないでしょう？　その――えー――魔法界で何が起こっているかなんて」

今度は首相がぶっきらぼうに言った。

「私には国政という仕事がある。今はそれだけで充分頭痛の種なのに、この上――」

「同じ頭痛の種ですよ」ファッジが口を挟んだ。

「ブロックデール橋は古くなったわけじゃない。あのハリケーンは実はハリケーンではなかった。殺人事件もマグルの仕業じゃない。それに、ハーバート・チョーリーは、家に置かないほうが家族にとって安全でしょうな。『聖マンゴ魔法疾患傷害病院』に移送するよう、現在手配中ですよ。移すのは今夜のはずです」

「どういうこと……私にはどうも……何だって？」首相がわめいた。

ファッジは大きく息を吸い込んでから話しだした。

「首相閣下、こんなことを言うのは非常に遺憾だが、あの人が戻ってきました。『名前を言ってはいけないあの人』が戻ったのです」

「戻った？『戻った』とおっしゃるからには……生きていると？　つまり――」

首相は三年前のあの恐ろしい会話を思い出し、細かい記憶をたぐった。ファッジが話してくれた、誰よりも恐れられているあの魔法使い、数えきれない恐ろしい罪を犯したあと、十五年前に謎のように姿を消したという魔法使い。

「さよう、生きています」ファッジが答えた。

「つまり――何というか――殺すことができなければ、生きているということになりますかな？　私にはどうもよくわからんのです。それに、ダンブルドアはちゃんと説明してくれないし――しかしともかく、『あの人』は肉体を持ち、歩いたりしゃべったり、殺したりしているわけで、ほかに言いようがなければ、さよう、生きていることになりますな」

首相は何と言ってよいやらわからなかった。しかし、どんな話題でも熟知しているように見せかけたいという、身についた習慣のせいで、これまでの何回かの会話の詳細を何でもいいから思い出そうと、あれこれ記憶をたどった。

「シリアス・ブラックは――あー――『名前を言ってはいけないあの人』と一緒に？」

「ブラック？　ブラック？」

ファッジは山高帽を指でくるくる回転させながら、ほかのことを考えている様子だった。

「シリウス・ブラック、のことかね？　いーや、とんでもない。ブラックは死にましたよ。我々が――あー――ブラックについてはまちがっていたようで。結局あの男は無実でしたよ。それに、『名前を言ってはいけないあの人』の一味でもなかったですな。とはいえ――」

ファッジは帽子をますます早回ししながら、言いわけがましく言葉を続けた。

「すべての証拠は――五十人以上の目撃者もいたわけですがね。――まあ、しかし、とにかく、あの男は死にました。実は殺されました。魔法省の敷地内で。実は調査が行われる予定で……」

首相はここでファッジがかわいそうになり、チクリと胸が痛んで自分でも驚いた。しかし、そんな気持ちは、輝かしい自己満足で、たちまちかき消されてしまった――暖炉から姿を現す分野ではおとっているかもしれないが、私の管轄する政府の省庁で殺人があったためしはない……少なくとも今までは……。

幸運が逃げないまじないに、首相が木製の机にそっとふれている間も、ファッジはしゃべり続けた。

「しかし、今はブラックのことは関係ない。要は、首相閣下、我々が戦争状態にあるということでありまして、態勢を整えなければなりません」

「戦争？」首相は神経をとがらせた。「まさか、それはちょっと大げさじゃありませんか？」

「『名前を言ってはいけないあの人』は、一月にアズカバンを脱獄した配下と今や合流したのです」

ファッジはますます早口になり、山高帽を目まぐるしく回転させるものだから、帽子はライムグリーン色にぼやけた円になっていた。

「存在があからさまになって以来、連中は破壊騒動を引き起こしていましてね。ブロックデール橋――『あの人』の仕業ですよ、閣下。私が『あの人』に席をゆずらなければ、マグルを大量虐殺すると脅しをかけてきましてね――」

「なんと、それでは何人かが殺されたのは、あなたのせいだと。それなのに私は、橋の張り線や伸縮継ぎ手のさびとか、そのほか何が飛び出すかわからないような質問に答えなければならない！」首相は声を荒らげた。

「私のせい！」

ファッジの顔に血が上った。

「あなたならそういう脅しに屈したかもしれないとおっしゃるわけですか？」

「たぶん屈しないでしょう」

首相は立ち上がって部屋の中を往ったり来たりしながら言った。

「しかし、私なら、脅迫者がそんな恐ろしいことを引き起こす前に逮捕するよう、全力を尽くしたでしょうな！」

「私がこれまで全力を尽くしていなかったと、本気でそうお考えですか？」

ファッジが熱くなって問いただした。

「魔法省の闇祓いは全員、『あの人』を見つけ出してその一味を逮捕するべくがんばりましたとも――今でもそうです。しかし、相手は何しろ史上最強の魔法使いの一人で、ほぼ三十年にわたって逮捕をまぬかれてきた輩ですぞ！」

「それじゃ、西部地域のハリケーンも、その人が引き起こしたとおっしゃるのでしょうな？」

首相は一歩踏み出すごとにかんしゃくがつのってきた。一連の恐ろしい惨事の原因がわかっても、国民にそれを知らせることができないとは、腹立たしいにもほどがある。政府に責任があるほうがまだましだ。

「あれはハリケーンではなかった」ファッジはみじめな言い方をした。

「何ですと！」

首相は今や、足を踏み鳴らして歩き回っていた。

「樹木は根こそぎ、屋根は吹っ飛ぶ、街灯は曲がる、人はひどいけがをする――」

「死喰い人がやったことでしてね」ファッジが言った。

「『名前を言ってはいけないあの人』の配下ですよ。それと……巨人がからんでいるとにらんでいるのですがね」

「何がからんでいると？」首相は、見えない壁に衝突したかのように、ばったり停止した。

ファッジは顔をしかめた。

「『あの人』は前回も、目立つことをやりたいときに巨人を使った。『誤報局』が二十四時間体制で動いていますよ。現実の出来事を見たマグル全員に記憶修正をかけるのに、忘却術士たちが何チームも動きましたし、『魔法生物規制管理部』の大半の者がサマセット州をかけずり回ったのですが、巨人は見つかっとらんのでして――大失敗ですな」

「そうでしょうとも！」首相がいきり立った。

「たしかに魔法省の士気は相当落ちていますよ」ファッジが続けた。

「その上、アメリア・ボーンズを失うし」

「誰を？」

「アメリア・ボーンズ。魔法法執行部の部長ですよ。我々としては、『名前を言ってはいけないあの人』自身の手にかかったと考えていますがね。何しろ大変才能ある魔女でしたし、それに——状況証拠から見て、激しく戦ったらしい」

ファッジは咳払いし、自制心を働かせたらしく、山高帽を回すのをやめた。

「しかし、その事件は新聞にのっていましたが」

首相は自分が怒っていることを一瞬忘れた。

「我々の新聞にです。アメリア・ボーンズ……一人暮らしの中年の女性と書いてあるだけでした。たしか——無残な殺され方、でしたな？　マスコミがかなり書き立てましたよ。何せ、警察が頭をひねりましてね」

「ああ、そうでしょうとも」ファッジはため息をついた。「中から鍵がかかった部屋で殺された。そうでしたな？　ところが我々のほうは、下手人が誰かをはっきり知っている。だからと言って、我々が下手人逮捕にそれだけ近いというわけでもないのですがね。それに、次はエメリーン・バンスだ。その件はお聞きになっていないのでは——」

「聞いていますとも！」首相が答えた。

「実は、その事件はこのすぐ近くで起こりましてね。新聞が大はしゃぎでしたよ。『首相のおひざ元で法と秩序が破られた——』」

「それでもまだ足りないとばかり――」ファッジは首相の言葉をほとんど聞いていなかった。

「吸魂鬼がうじゃうじゃ出没して、あっちでもこっちでも手当たりしだい人を襲っている……」

その昔、より平和なときだったら、これを聞いても首相にはわけがわからなかったはずだが、今や知恵がついていた。

「『吸魂鬼』はアズカバンの監獄を護っているのではなかったですかな？」

首相は慎重な聞き方をした。

「そうでした」ファッジはつかれたように言った。

「しかし、もう今は。監獄を放棄して、『名前を言ってはいけないあの人』につきましたよ。これが打撃でなかったとは言えませんな」

「しかし……」首相は徐々に恐怖が湧き上がってくるのを感じた。

「その生き物は、希望や幸福を奪い去るとかおっしゃいませんでしたか？」

「たしかに。しかも連中は増えている。だからこんな霧が立ち込めているわけで」

首相は、よろよろとそばの椅子にへたり込んだ。見えない生き物が町や村の空を襲って飛び、自分の支持者である選挙民に絶望や失望をまき散らしていると思うと、めまいがした。

「いいですか、ファッジ大臣――あなたは手を打つべきです！　魔法大臣としてのあなたの責任でしょう！」

「まあ、首相閣下、こんなことがいろいろあったあとで、私がまだ大臣の座にあるなんて、考えられんでしょうが？　三日前にクビになりました！　魔法界全体が、この二週間、私の辞任要求を叫び続けましてね。私の任期中にこれほど国がまとまったことはないですわ！」

ファッジは勇敢にもほほ笑んでみせようとした。

首相は一瞬言葉を失った。自分がこんな状態に置かれていることで怒ってはいるものの、目の前に座っているしなびた様子の男が、やはり哀れに思えた。

「ご愁傷さまです」ややあって、首相が言った。

「何かお力になれることは？」

「恐れ入ります、閣下。しかし、何もありません。今夜は、最近の出来事についてあなたにご説明し、私の後任をご紹介する役目で参りました。もうとっくに着いてもいいころなのですが、何しろ魔法大臣は今、多忙でいらっしゃる。何やかんやとあって……」

ファッジは振り返って醜い小男の肖像画を見た。銀色の長い巻き毛のかずらをつけた男は、羽根ペンの先で耳をほじっているところだった。

ファッジの視線をとらえ、肖像画が言った。

「まもなくお見えになるでしょう。ちょうどダンブルドアへのお手紙を書き終えたところです」

「ご幸運を祈りたいですな」

ファッジは初めて辛辣な口調になった。

「ここ二週間、私はダンブルドアに毎日二通も手紙を書いたのに、頑として動こうとしない。ダンブルドアがあの子をちょっと説得する気になってくれていたら、私はもしかしたらまだ……まあ、スクリムジョールのほうがうまくやるかもしれん」

ファッジは口惜しげにむっつりとだまり込んだ。しかし、沈黙はほとんどすぐに破られた。肖像画が、突然、事務的な切り口上でこう告げた。

「マグルの首相閣下、面会の要請。緊急。至急お返事のほどを。魔法大臣ルーファス・スクリムジョール」

「はい、はい、けっこう」首相はほかのことを考えながら生返事をした。

火格子の炎がエメラルド色になって高く燃え上がり、その中心部でこまのように回っている、今夜二人目の魔法使いの姿が見えた。やがてその魔法使いが炎から吐き出されるように年代物の敷物の上に現れたときも、首相はピクリともしなかった。ファッジが立ち上がった。しばらく迷ってから首相もそれにならい、到着したばかりの人物が身を起こして、長く黒いローブの灰を払い落とし、周りを見回すのを見つめた。

年老いたライオンのようだ――ばかばかしい印象だが、ルーファス・スクリムジョールを一目見て、首相はそう思った。たてがみのような黄褐色の髪やふさふさした眉は白髪まじりで、細縁めがねの奥には黄色味がかった鋭い目があった。わずかに足を引きずってはいたが、手足が細長く、軽やかで大きな足取りには一種の優雅さがあった。俊敏で強靭な印象がすぐに伝わってくる。この危機的なときに、魔法界の指導者としてファッジよりもスクリムジョールが好まれた理由が、首相にはわかるような気がした。

「初めまして」

首相は手を差し出しながらていねいに挨拶した。

スクリムジョールは、部屋中に目を走らせながら軽く握手し、ローブから杖を取り出した。

「ファッジからすべてお聞きになりましたね？」

スクリムジョールは入口のドアまで大股で歩いていき、鍵穴を杖でたたいた。首相の耳に、鍵がかかる音が聞こえた。

「あー――ええ」首相が答えた。

「さしつかえなければ、ドアには施錠しないでいただきたいのですが」

「じゃまされたくないので」スクリムジョールの答えは短かった。

「それにのぞかれたくもない」杖を窓に向けると、カーテンが閉まった。

「これでよい。さて、私は忙しい。本題に入りましょう。まず、あなたの安全の話をする必要がある」

首相は可能なかぎり背筋を伸ばして答えた。

「現在ある安全対策で充分満足しています。ご懸念には――」

「我々は満足していない」

スクリムジョールが首相の言葉をさえぎった。

「首相が『服従の呪文』にかかりでもしたら、マグルの前途が案じられる。執務室の隣の事務室にいる新しい秘書官だが――」

「キングズリー・シャックルボルトのことなら、手放しませんぞ！」首相が語気を荒らげた。

「あれはとてもできる男で、ほかの人間の二倍の仕事をこなす――」

「あの男が魔法使いだからだ」スクリムジョールはニコリともせずに言った。

「高度に訓練された『闇祓い』で、あなたを保護する任務に就いている」

「ちょっと待ってくれ！」首相がきっぱりと言った。

「執務室にそちらが勝手に人を入れることはできますまい。私の部下は私が決め――」

「シャックルボルトに満足していると思ったが？」スクリムジョールが冷静に言った。

「満足している――いや、していたが――」

「それなら、問題はないでしょう？」スクリムジョールが言った。

「私は……それは、シャックルボルトの仕事が、これまでどおり……あー……優秀ならば」

首相の言葉は腰砕けに終わった。しかし、スクリムジョールはほとんど聞いていないようだった。

「さて、政務次官のハーバート・チョーリーだが――」スクリムジョールが続けて言った。

「公衆の面前でアヒルに扮して道化ていた男のことだ」

「それがどうしました？」

「明らかに『服従の呪文』をかけそこねた結果です」スクリムジョールが言った。

「頭をやられて混乱しています。しかし、まだ危険人物になりうる」

「ガアガア鳴いているだけですよ！」首相が力なく言った。

「ちょっと休めばきっと……酒を飲み過ぎないようにすればたぶん……」

「こうしている間にも、『聖マンゴ魔法疾患傷害病院』の癒師団が、診察をしています。これまでのところ、患者は癒師団の癒者三人をしめ殺そうとしました」

スクリムジョールが言った。

「この男はしばらくマグル社会から遠ざけたほうがよいと思います」

「私は……でも……チョーリーは大丈夫なのでしょうな?」

首相が心配そうに聞いた。スクリムジョールは肩をすくめ、もう暖炉に向かっていた。

「さあ、これ以上言うことはありません。閣下、これからの動きはお伝えしますよ――私個人は忙しくてうかがえないかもしれませんが、その時は、少なくともこのファッジをつかわします。顧問の資格でとどまることに同意しましたので」

ファッジはほほ笑もうとしてしくじり、歯が痛むような顔になっただけだった。スクリムジョールはすでにポケットを探ってあの不可思議な粉を取り出し、炎を緑色にしていた。首相は絶望的な顔でしばらく二人を見ていたが、今までずっと押さえつけてきた言葉が、ついに口をついて飛び出した。

「そんなバカな――あなた方は魔法使いでしょうが! 魔法が使えるでしょう! それならまちがいなく処理できるでしょう――つまり――何でも!」

スクリムジョールはその場でゆっくり振り向き、ファッジと顔を見合わせ、互いに信じられないという目つきをした。ファッジは今度こそほほ笑みそこねず、やさしくこう言った。

「閣下、問題は、相手も魔法が使えるということですよ」

そして二人の魔法使いは、明るい緑の炎の中に次々と歩み入り、姿を消した。

第2章　スピナーズ・エンド

首相執務室の窓に立ち込めていた冷たい霧は、そこから何キロも離れた場所の、汚れた川面に漂っていた。草ぼうぼうでごみの散らかった土手の間を縫うように、川が流れている。廃墟になった製糸工場の名残の巨大な煙突が、黒々と不吉にそそり立っていた。暗い川のささやくような流れのほかには物音もせず、あわよくば丈高の草に埋もれたフィッシュ・アンド・チップスのおこぼれでもかぎ当てたいと、足音を忍ばせて土手を下っていくやせた狐のほかは、生き物の気配もない。

その時、ポンと軽い音がして、フードをかぶったすらりとした姿が、こつぜんと川辺に現れた。狐はその場に凍りつき、この不思議な現象をじっと油断なく見つめた。そのフード姿は、しばらくの間、方向をたしかめている様子だったが、やがて軽やかにすばやい足取りで、草むらに長いマントをすべらせながら歩きだした。

二度目の、少し大きいポンという音とともに、またしてもフードをかぶった姿が現れた。

「お待ち！」

鋭い声に驚いて、それまで下草にぴったりと身を伏せていた狐は、隠れ場所から飛び出し、土手をかけ上がった。緑の閃光が走った。キャンという鳴き声。狐は川辺に落ち、絶命していた。

二人目の人影が狐のむくろをつま先でひっくり返した。

「ただの狐か」フードの下で、軽蔑したような女の声がした。

「闇祓いかと思えば――シシー、お待ち！」

しかし、二人目の女が追う獲物は、一瞬立ち止まり、振り返って閃光を見はしたが、たった今狐が転がり落ちたばかりの土手を、すでに登りだしていた。

「シシー――ナルシッサ――話を聞きなさい――」

二人目の女が追いついて、もう一人の腕をつかんだが、一人目はそれを振りほどいた。

「帰って、ベラ！」

「私の話を聞きなさい！」

「もう聞いたわ。もう決めたんだから。ほっといてちょうだい！」

ナルシッサと呼ばれた女は、土手を登りきった。古い鉄柵が、川と狭い石畳の道とを仕切っていた。二人目の女、ベラもすぐに追いついた。二人は並んで、通りのむこう側を見た。荒れはてたれんが建ての家が、闇の中にどんよりと暗い窓を見せて、何列も並んで建っていた。

「あいつは、ここに住んでいるのかい？」ベラはさげすむような声で聞いた。「ここに？　マグルの掃きだめに？　我々のような身分の者で、こんな所に足を踏み入れるのは、私たちが最初だろうよ――」

しかし、ナルシッサは聞いていなかった。さびた鉄柵の間をくぐり抜け、もう通りの向こうへと急いでいた。

「シシー、お待ちったら！」

ベラはマントをなびかせてあとを追い、ナルシッサが家並みの間の路地をかけ抜けて、どれも同じような通りの二つ目に走り込むのを目撃した。街灯が何本か壊れている。二人の女は、灯りと闇のモザイクの中を走った。獲物を追う追っ手のように、ベラは角を曲がろうとしているナルシッサに追いついた。今度は首尾よく腕をつかまえて後ろを振り向かせ、二人は向き合った。

「シシー、やってはいけないよ。あいつは信用できない――」

「闇の帝王は信用していらっしゃるわ。ちがう？」

「闇の帝王は……きっと……まちがっていらっしゃる」ベラがあえいだ。

フードの下でベラの目が一瞬ギラリと光り、二人きりかどうかあたりを見回した。

「いずれにせよ、この計画は誰にももらすなと言われているじゃないか。こんなことをすれば、闇の帝王への裏切りに――」

「放してよ、ベラ」

ナルシッサがすごんだ。そしてマントの下から杖を取り出し、脅すようにベラの顔に突きつけた。ベラが笑った。

「シシー、自分の姉に？　あんたにはできやしない――」

「できないことなんか、もう何にもないわ！」

ナルシッサが押し殺したような声で言った。声にヒステリックな響きがあった。そして杖をナイフのように振り下ろした。閃光が走り、ベラは火傷をしたかのように妹の腕を放した。

「ナルシッサ！」

しかしナルシッサはもう突進していた。追跡者は手をさすりながら、今度は少し距離を置いて、再びあとを追った。れんが建ての家の間の人気のない迷路を、二人はさらに奥へと入り込んだ。ナルシッサは、スピナーズ・エンドという名の袋小路に入り、先を急いだ。あのそびえ立つような製糸工場の煙突が、巨大な人指し指が警告しているかのように、通りの上に浮かんで見える。ナル板が打ちつけられた窓や、壊れた窓を通り過ぎるナルシッサの足音が、石畳にこだました。ナルシッサは一番奥の家にたどり着いた。一階の部屋のカーテンを通してチラチラとほの暗い灯りが見える。

ベラが小声で悪態をつきながら追いついたときには、ナルシッサはもう戸をたたいていた。少し息を切らし、夜風に乗って運ばれてくるどぶ川の臭気を吸い込みながら、二人はたたずんで待っていた。しばらくして、ドアのむこう側で何かが動く音が聞こえ、わずかに戸が開いた。すきまから、二人を見ている男の姿が細長く見えた。黒い長髪が、土気色の顔と暗い目の周りでカーテンのように分かれている。

ナルシッサがフードを脱いだ。蒼白な顔が、暗闇の中で輝くほど白い。長いブロンドの髪が背中に流れる様子が、まるで溺死した人のように見える。

「ナルシッサ！」

男がドアをわずかに広く開けたので、明かりがナルシッサと姉の二人を照らした。

「これはなんと驚きましたな！」

「セブルス」ナルシッサは声を殺して言った。「お話しできるかしら？　とても急ぐの」

「いや、もちろん」

男は一歩下がって、ナルシッサを招じ入れた。まだフードをかぶったままの姉は、許しもこわずにあとに続いた。

「スネイプ」男の前を通りながら、姉がぶっきらぼうに言った。

「ベラトリックス」男が答えた。二人の背後でピシャリとドアを閉めながら、唇の薄いスネイプの口元に、嘲るような笑いが浮かんだ。

入った所がすぐに小さな居間になっていた。暗い独房のような部屋だ。壁は、クッションではなく、びっしりと本で覆われている。黒か茶色の革の背表紙の本が多い。すり切れたソファ、古いひじかけ椅子、ぐらぐらするテーブルが、天井からぶら下がったろうそくランプの薄暗い明かりの下に、一塊になって置かれていた。ふだんは人が住んでいないような、ほったらかしの雰囲気が漂っている。

スネイプは、ナルシッサにソファをすすめた。ナルシッサはマントをはらりと脱いで打ち捨て、座り込んで、ひざの上で組んだ震える白い手を見つめた。ベラトリックスはもっとゆっくりとフードを下ろした。妹の白さと対照的な黒髪、厚ぼったいまぶた、がっちりしたあご。ナルシッサの背後に回ってそこに立つまでの間、ベラトリックスはスネイプを凝視したまま目を離さなかった。

「それで、どういうご用件ですかな？」スネイプは二人の前にあるひじかけ椅子に腰かけた。

「ここには……ここには私たちだけですね？」ナルシッサが小声で聞いた。

「むろん、そうです。ああ、ワームテールがいますがね。しかし、虫けらは数に入らんでしょうな？」

スネイプは背後の壁の本棚に杖を向けた。すると、バーンという音とともに、隠し扉が勢いよく開いて狭い階段が現れた。そこには小男が立ちすくんでいた。

「ワームテール、お気づきのとおり、お客様だ」スネイプが面倒くさそうに言った。

小男は背中を丸めて階段の最後の数段を下り、部屋に入ってきた。小さいうるんだ目、とがった鼻、そして間の抜けたふゆかいなニタニタ笑いを浮かべている。左手で右手をさすっているが、その右手は、まるで輝く銀色の手袋をはめているかのようだ。

「ナルシッサ！」小男がキーキー声で呼びかけた。

「それにベラトリックス！　ご機嫌うるわしく——」

「ワームテールが飲み物をご用意しますよ。よろしければ」スネイプが言った。

「そのあとこやつは自分の部屋に戻ります」

ワームテールは、スネイプに何かを投げつけられたようにたじろいだ。

「わたしはあなたの召使いではない！」

ワームテールはスネイプの目をさけながらキーキー言った。

「ほう？　我輩を補佐するために、闇の帝王がおまえをここに置いたとばかり思っていたのだが」

「補佐というなら、そうです――でも、飲み物を出したりとか――あなたの家の掃除とかじゃない！」

「それは知らなかったな、ワームテール。おまえがもっと危険な任務を渇望していたとはね」

スネイプはさらりと言った。

「それならたやすいことだ。闇の帝王にお話し申し上げて――」

「そうしたければ、自分でお話しできる！」

「もちろんだとも」スネイプはニヤリと笑った。

「しかし、その前に飲み物を持ってくるんだ。しもべ妖精が造ったワインでけっこう」

ワームテールは、何か言い返したそうにしばらくぐずぐずしていたが、やがてきびすを返し、もう一つ別の隠し扉に入っていった。バタンという音や、グラスがぶつかり合う音が聞こえてきた。まもなく、ワームテールが、ほこりっぽい瓶を一本とグラス三個を盆にのせて戻ってきた。ぐらぐらするテーブルにそれを置くなり、ワームテールはあたふたとその場を離れ、本で覆われている背後の扉をバタンと閉めていなくなった。

スネイプは血のように赤いワインを三個のグラスに注ぎ、姉妹にその二つを手渡した。ナルシッサはつぶやくように礼を言ったが、ベラトリックスは何も言わずに、スネイプをにらみ続けた。スネイプは意に介するふうもなく、むしろおもしろがっているように見えた。

「闇の帝王に」スネイプはグラスを掲げ、飲み干した。

姉妹もそれにならった。スネイプがみんなに二杯目を注いだ。

二杯目を受け取りながら、ナルシッサが急き込んで言った。

「セブルス、こんなふうにお訪ねしてすみません。でも、お目にかからなければなりませんでした。あなたしか私を助けられる方はいないと思って――」

スネイプは手を上げてナルシッサを制し、再び杖を階段の隠し扉に向けた。バーンと大きな音と悲鳴が聞こえ、ワームテールがあわてて階段をかけ上がる音がした。

「失礼」スネイプが言った。

「やつは最近扉の所で聞き耳を立てるのが趣味になったらしい。どういうつもりなのか、我輩にはわかりませんがね……ナルシッサ、何をおっしゃりかけていたのでしたかな?」

ナルシッサは身を震わせて大きく息を吸い、もう一度話しはじめた。

「セブルス、ここに来てはいけないことはわかっていますわ。誰にも、何も言うなと言われています。でも――」

「それならだまってるべきだろう！」ベラトリックスがすごんだ。

「特にこの相手の前では！」

「この相手？」スネイプが皮肉たっぷりにくり返した。

「それで、ベラトリックス、それはどう解釈すればよいのかね？」

「おまえを信用していないってことさ、スネイプ、おまえもよく知ってのとおり！」

ナルシッサはすすり泣くような声をもらし、両手で顔を覆った。スネイプはグラスをテーブルに置き、椅子に深く座りなおして両手をひじかけに置き、にらみつけているベラトリックスに笑いかけた。

「ナルシッサ、ベラトリックスが言いたくてうずうずしていることを聞いたほうがよろしいようですな。さすれば、何度もこちらの話を中断されるわずらわしさもないだろう。さあ、ベラトリックス、続けたまえ」スネイプが言った。

「我輩を信用しないというのは、いかなる理由かね？」

「理由は山ほどある！」

ベラトリックスはソファの後ろからずかずかと進み出て、テーブルの上にグラスをたたきつけた。

「どこから始めようか！　闇の帝王が倒れたとき、おまえはどこにいた？　帝王が消え去ったとき、どうして一度も探そうとしなかった？　ダンブルドアの懐で暮らしていたこの歳月、おまえはいったい何をしていた？　闇の帝王が『賢者の石』を手に入れようとしたとき、おまえはどうしてじゃまをした？　闇の帝王がよみがえったとき、おまえはなぜすぐに戻らなかった？　数週間前、闇の帝王のために予言を取り戻そうと我々が戦っていたとき、おまえはどこにいた？　それに、スネイプ、ハリー・ポッターはなぜまだ生きているのだ？　五年間もおまえの手中にあったというのに」

ベラトリックスは言葉を切った。胸を激しく波打たせ、ほおに血が上っている。その背後で、ナルシッサはまだ両手で顔を覆ったまま、身動きもせずに座っていた。

スネイプが笑みを浮かべた。

「答える前に――ああ、いかにも、ベラトリックス、これから答えるとも！　我輩の言葉を、陰口をたたいて我輩が闇の帝王を裏切っているなどと、でっち上げ話をする連中に持ち帰るがよい。――答える前に、そうそう、逆に一つ質問するとしよう。君の質問のどれ一つを取ってみても、闇の帝王が、我輩に質問しなかったものがあると思うかね？　それに対して満足のいく答えをしていなかったら、我輩は今こうしてここに座り、君と話をしていられると思うかね？」

ベラトリックスはたじろいだ。

「あの方がおまえを信じておられるのは知っている。しかし……」

「あの方がまちがっていると思うのか？　それとも我輩がうまくだましたとでも？　不世出の開心術の達人である、最も偉大なる魔法使い、闇の帝王に一杯食わせたとでも？」

ベラトリックスは何も言わなかった。しかし、初めてぐらついた様子を見せた。スネイプはそれ以上追及しなかった。再びグラスを取り上げ、一口すすり、言葉を続けた。

「闇の帝王が倒れたとき我輩がどこにいたかと、そう聞かれましたな。我輩はあの方に命じられた場所にいた。ホグワーツ魔法魔術学校に。何となれば、我輩がアルバス・ダンブルドアをスパイすることを、あの方がお望みだったからだ。闇の帝王の命令で我輩があの職に就いたことは、ご承知だと拝察するが？」

ベラトリックスはほとんど見えないほどわずかにうなずいた。そして口を開こうとしたが、スネイプが機先を制した。

「あの方が消え去ったとき、なぜお探ししようとしなかったかと、君はそうお尋ねだ。理由はほかの者と同じだ。エイブリー、ヤックスリー、カローたち、グレイバック、ルシウス――」

スネイプはナルシッサに軽く頭を下げた。

「そのほかあの方をお探ししようとしなかった者は多数いる。我輩は、あの方はもう滅したと思った。自慢できることではない。我輩はまちがっていた。しかし、今さら詮ないことだ……。あの時に信念を失った者たちを、あの方がお許しになっていなかったら、あの方の配下はほとんど残っていなかっただろう」

「私が残った！」ベラトリックスが熱っぽく言った。

「あの方のために何年もアズカバンで過ごした、この私が！」

「なるほど。見上げたものだ」スネイプは気のない声で言った。

「もちろん、牢屋の中ではたいしてあの方のお役には立たなかったが、しかし、そのそぶりはまさにご立派――」

「そぶり！」ベラトリックスがかん高く叫んだ。怒りで狂気じみた表情だった。

「私が吸魂鬼にたえている間、おまえはホグワーツに居残って、ぬくぬくとダンブルドアに寵愛されていた！」

「少しちがいますな」スネイプが冷静に言った。

「ダンブルドアは我輩に、『闇の魔術に対する防衛術』の仕事を与えようとしなかった。そう。どうやら、それが、あー、『ぶり返し』につながるかもしれないと思ったらしく……我輩が昔に引き戻されるかもしれぬと」

「闇の帝王へのおまえの犠牲はそれか？　好きな科目が教えられなかったことなのか？」

ベラトリックスが嘲った。

「スネイプ、ではなぜ、それからずっとあそこに居残っていたのだ？　死んだと思ったご主人様のために、ダンブルドアのスパイを続けたとでも？」

「いいや」スネイプが答えた。

「ただし、我輩が職を離れなかったことを、闇の帝王はお喜びだ。あの方が戻られたとき、我輩はダンブルドアに関する十六年分の情報を持っていた。ご帰還祝いの贈り物としては、アズカバンの不快な思い出の垂れ流しより、かなり役に立つものだが……」

「しかし、おまえは居残った……」

「そうだ、ベラトリックス、居残った」スネイプの声に、初めていらだちの色がのぞいた。

「我輩には、アズカバンのお勤めより好ましい、居心地のよい仕事があった。知ってのとおり、死喰い人狩が行われていた。ダンブルドアの庇護で、我輩は監獄に入らずにすんだ。好都合だったし、我輩はそれを利用した。重ねて言うが、闇の帝王は、我輩が居残ったことをとやかくおっしゃらない。それなのに、なぜ君がとやかく言うのかわからんね」

「次に君が知りたかったのは」

スネイプはどんどん先に進めた。ベラトリックスが今にも口を挟みたがっている様子だったので、スネイプは少し声を大きくした。

「我輩がなぜ、闇の帝王と『賢者の石』の間に立ちはだかったか、でしたな。これはたやすくお答えできる。あの方は我輩を信用すべきかどうか、判断がつかないでおられた。君のように、あの方も、我輩が忠実な死喰い人からダンブルドアの犬になり下がったのではないかと思われた。あの方は哀れな状態だった。非常に弱って、凡庸な魔法使いの体に入り込んでおられた。昔の味方が、あの方をダンブルドアか魔法省に引き渡すかもしれないとのご懸念から、あの方はどうしても、かつての味方の前に姿を現そうとはなさらなかった。我輩を信用してくださらなかったのは残念でならない。もう三年早く、権力を回復なさることができたものを。我輩が現実に目にしたのは、強欲で『賢者の石』に値しないクィレルめが石を盗もうとしているところだった。認めよう。我輩はたしかに全力でクィレルめをくじこうとしたのだ」

ベラトリックスは苦い薬を飲んだかのように口をゆがめた。

「しかし、おまえは、あの方がお戻りになったとき、参上しなかった。闇の印が熱くなったのを感じても、すぐにあの方の下に馳せ参じはしなかった――」

「さよう。我輩は二時間後に参上した。ダンブルドアの命を受けて戻った」

「ダンブルドアの――？」ベラトリックスは逆上したように口を開いた。

「頭を使え！」スネイプが再びいらだちを見せた。「考えるがいい！　二時間待つことで、たった二時間のことで、我輩は、確実にホグワーツにスパイとしてとどまれるようにした！　闇の帝王の側に戻るよう命を受けたから戻るにすぎないのだと、ダンブルドアに思い込ませることで、以来ずっと、ダンブルドアや不死鳥の騎士団についての情報を流すことができた！　いいかね、ベラトリックス。闇の印が何か月にもわたってますます強力になってきていた。我輩はあの方がまもなくお戻りになるにちがいないとわかっていたし、死喰い人は全員知っていた！　我輩が何をすべきか、次の動きをどうするか、カルカロフのように逃げ出すか、考える時間は充分にあった。そうではないか？」

「我輩が遅れたことで、はじめは闇の帝王のご不興を買った。しかし我輩の忠誠は変わらないとご説明申し上げたとき、いいかな、そのご立腹は完全に消え去ったのだ。もっともダンブルドアは我輩が味方だと思っていたがね。さよう。闇の帝王は、我輩が永久におそばを去ったとお考えになったが、帝王がまちがっておられた」

「しかし、おまえが何の役に立った？」

ベラトリックスが冷笑した。

「我々はおまえからどんな有用な情報をもらったというのだ？」

「我輩の情報は闇の帝王に直接お伝えしてきた」スネイプが言った。

「あの方がそれを君に教えないとしても――」

「あの方は私にすべてを話してくださる！」

ベラトリックスはたちまち激昂した。

「私のことを、最も忠実な者、最も信頼できる者とお呼びになる――」

「なるほど？」スネイプの声が微妙に屈折し、信じていないことをにおわせた。

「今でもそうかね？　魔法省での大失敗のあとでも？」

「あれは私のせいではない！」

ベラトリックスの顔がサッと赤くなった。

「過去において、闇の帝王は、最も大切なものを常に私にたくされた――ルシウスがあんなことをしな――」

「よくもそんな——夫を責めるなんて、よくも！」

ナルシッサが姉を見上げ、低い、すごみの効いた声で言った。

「責めをなすり合っても詮なきこと」

スネイプがすらりと言った。

「すでにやってしまったことだ」

「おまえは何もしなかった！」ベラトリックスがカンカンになった。

「何もだ。我らが危険に身をさらしているときに、おまえはまたしても不在だった。スネイプ、ちがうか？」

「我輩は残っていよとの命を受けた」スネイプが言った。

「君は闇の帝王と意見を異にするのかもしれんがね。我輩が死喰い人とともに不死鳥の騎士団と戦っても、ダンブルドアはそれに気づかなかっただろうと、そうお考えなのかな？　それに——失礼ながら——危険とか言われたようだが……十代の子供六人を相手にしたのではなかったのかね？」

「加勢が来たんだ。知ってのとおり。まもなく不死鳥の騎士団の半数が来た！」

ベラトリックスがうなった。

「ところで、騎士団の話が出たついでに聞くが、本部がどこにあるかは明かせないと、おまえはまだ言い張っているな？」

「『秘密の守人』は我輩ではないのだからして、我輩がその場所の名前を言うことはできない。守人の呪文がどういう効き方をするか、ご存じでしょうな？　闇の帝王は、騎士団について我輩がお伝えした情報で満足していらっしゃる。ご明察のことと思うが、その情報が過日エメリーン・バンスを捕らえて殺害することに結びついたし、さらにシリウス・ブラックを始末するにも当然役立ったはずだ。もっとも、やつを片づけた功績はすべて君のものだが」

スネイプは頭を下げ、ベラトリックスに杯を挙げた。ベラトリックスは硬い表情を変えなかった。

「私の最後の質問をさけているぞ、スネイプ。ハリー・ポッターだ。この五年間、いつでも殺せたはずだ。おまえはまだ殺っていない。なぜだ？」

「この件を、闇の帝王と話し合ったのかね？」スネイプが聞いた。

「あの方は……最近私たちは……おまえに聞いているのだ、スネイプ！」

「もし我輩がハリー・ポッターを殺していたら、闇の帝王は、あやつの血を使ってよみがえることができず、無敵の存在となることも――」

「あの方が小僧を使うことを見越していた、とでも言うつもりか！」

ベラトリックスが嘲った。

「そうは言わぬ。あの方のご計画を知るよしもなかった。すでに白状したとおり、我輩は闇の帝王が死んだと思っていた。ただ我輩は、闇の帝王が、ポッターの生存を残念に思っておられない理由を説明しようとしているだけだ。少なくとも一年前まではだが……」

「それならなぜ、小僧を生かしておいた？」

「我輩の話がわかっていないようだな？　我輩がアズカバン行きにならずにすんだのは、ダンブルドアの庇護があったればこそだ。そのお気に入りの生徒を殺せば、ダンブルドアが我輩を敵視することになったかもしれない。ちがうかな？　しかし、単にそれだけでのことではなかった。ポッターが初めてホグワーツにやってきたとき、ポッターに関するさまざまな憶測が流れていたことを思い出していただこう。彼自身が偉大なる闇の魔法使いではないか、だからこそ闇の帝王に攻撃されても生き残ったのだといううわさだ。事実、闇の帝王のかつての部下の多くが、ポッターこそ、我々全員がもう一度集結し、擁立すべき旗頭ではないかと考えた。たしかに我輩は興味があった。だからして、ポッターが城に足を踏み入れた瞬間に殺してしまおうという気にはとうていなれなかった」

「もちろん、あいつには特別な能力などまったくないことが、我輩にはすぐ読めた。やつは何度かピンチにおちいったが、単なる幸運と、よりすぐれた才能を持った友人との組み合わせだけで乗りきってきた。徹底的に平凡なやつだ。もっとも、父親同様、ひとりよがりのしゃくにさわるやつではあるが。我輩は手を尽くしてやつをホグワーツから放り出そうとした。学校にふさわしからぬやつだからだ。しかし、やつを殺したり、我輩の目の前で殺されるのを放置するのはどうかな？　ダンブルドアがすぐそばにいるからには、そのような危険をおかすのは愚かというものだ」

「それで、これだけあれこれあったのに、ダンブルドアが一度もおまえを疑わなかったと信じろというわけか？」ベラトリックスが聞いた。

「おまえの忠誠心の本性を、ダンブルドアは知らずに、いまだにおまえを心底信用しているというのか？」

「我輩は役柄を上手に演じてきた」スネイプが言った。

「それに、君はダンブルドアの大きな弱点を見逃している。あの人は、人の善なる性を信じずにはいられないという弱みだ。我輩が、まだ死喰い人時代のほとぼりも冷めやらぬころにダンブルドアのスタッフに加わったとき、心からの悔悟の念を縷々語って聞かせた。するとダンブルドアは両手を挙げて我輩を迎え入れた――ただし、先刻も言ったとおり、できうるかぎり、我輩を闇の魔術に近づけまいとした。ダンブルドアは偉大な魔法使いだ（ベラトリックスが痛烈な反論の声を上げた）――ああ、たしかにそうだとも。闇の帝王も認めている。ただ、喜ばしいことに、ダンブルドアは年老いてきた。闇の帝王との先月の決闘は、ダンブルドアを動揺させた。その後も、動きにかつてほどの切れがなくなっているがために、ダンブルドアは深手を負った。しかしながら、長年にわたって一度も、このセブルス・スネイプへの信頼はとぎれたことがない。それこそが、闇の帝王にとっての我輩の大きな価値なのだ」

ベラトリックスはまだ不満そうだったが、どうやってスネイプに次の攻撃を仕掛けるべきか迷っているようだった。その沈黙に乗じて、スネイプは妹のほうに水を向けた。

「さて……我輩に助けを求めにおいでしたな、ナルシッサ？」

ナルシッサがスネイプを見上げた。絶望がはっきりとその顔に書いてある。

「ええ、セブルス。わ――私を助けてくださるのは、あなたしかいないと思います。ほかには誰も頼る人がいません。ルシウスは牢獄で、そして……」

ナルシッサは目をつむった。二粒の大きな涙がまぶたの下からあふれ出した。

「闇の帝王は、私がその話をすることを禁じました」

ナルシッサは目を閉じたまま言葉を続けた。

「誰にもこの計画を知られたくないとお望みです。とても……厳重な秘密なのです。でも——」

「あの方が禁じたのなら、話してはなりませんな」スネイプが即座に言った。

「闇の帝王の言葉は法律ですぞ」

ナルシッサは、スネイプに冷水を浴びせられたかのように息をのんだ。ベラトリックスはこの家に入ってから初めて満足げな顔をした。

「ほら！」ベラトリックスが勝ち誇ったように妹に言った。

「スネイプでさえそう言ってるんだ。しゃべるなと言われたんだから、だまっていなさい！」

しかしスネイプは、立ち上がって小さな窓のほうにツカツカと歩いていき、カーテンのすきまから人気のない通りをじっとのぞくと、再びカーテンをぐいと閉めた。そしてナルシッサを振り返り、顔をしかめてこう言った。

「たまたまではあるが、我輩はあの方の計画を知っている」スネイプが低い声で言った。

「闇の帝王が打ち明けた数少ない者の一人なのだ。それはそうだが、ナルシッサ、我輩が秘密を知る者でなかったなら、あなたは闇の帝王に対する重大な裏切りの罪を犯すことになったのですぞ」

「あなたはきっと知っていると思っていましたわ！」

ナルシッサの息づかいが少し楽になった。

「あの方は、セブルス、あなたのことをとてもご信頼で……」

「おまえが計画を知っている？」

ベラトリックスが一瞬浮かべた満足げな表情は、怒りに変わっていた。

「おまえが知っている？」

「いかにも」スネイプが言った。

「しかし、ナルシッサ、我輩にどう助けてほしいのかな？　闇の帝王のお気持ちが変わるよう、我輩が説得できると思っているなら、気の毒だが望みはない。まったくない」

「セブルス」ナルシッサがささやくように言った。青白いほおを涙がすべり落ちた。

「私の息子……たった一人の息子……」

「ドラコは誇りに思うべきだ」ベラトリックスが非情に言い放った。

「闇の帝王はあの子に大きな名誉をお与えになった。それに、ドラコのためにはっきり言っておきたいが、あの子は任務に尻込みしていない。自分の力を証明するチャンスを喜び、期待に心を躍らせて――」

ナルシッサはすがるようにスネイプを見つめたまま、ほんとうに泣きだした。

「それはあの子が十六歳で、何が待ち受けているのかを知らないからだわ！　セブルス、どうしてなの？　どうして私の息子が？　危険過ぎるわ！　これはルシウスがまちがいを犯したことへの復讐なんだわ、ええそうなのよ！」

スネイプは何も言わず、涙が見苦しいものであるかのように、ナルシッサの泣き顔から目を背けていた。しかし聞こえないふりはできなかった。

「だからあの方はドラコを選んだのよ。そうでしょう？」ナルシッサは詰め寄った。

「ルシウスを罰するためでしょう？」

「ドラコが成功すれば――」

ナルシッサから目を背けたまま、スネイプが言った。

「ほかの誰よりも高い栄誉を得るだろう」

「でも、あの子は成功しないわ！」ナルシッサがすすり上げた。

「あの子にどうしてできましょう？　闇の帝王ご自身でさえ――」

ベラトリックスが息をのんだ。ナルシッサはそれで気がくじけたようだった。

「いえ、つまり……まだ誰も成功したことがないのですし……セブルス……お願い……あなたははじめから、そして今でもドラコの好きな先生だわ……ルシウスの昔からの友人で……おすがりします……あなたは闇の帝王のお気に入りで、相談役として一番信用されているし……お願いです。あの方にお話しして、説得して――？」

「闇の帝王は説得される方ではない。それに我輩は、説得しようとするほど愚かではない」

スネイプはすげなく言った。

「我輩としては、闇の帝王がルシウスにご立腹ではないなどと取りつくろうことはできない。ルシウスは指揮をとるはずだった。自分自身が捕まってしまったばかりか、ほかに何人も捕まった。おまけに予言を取り戻すことにも失敗した。さよう、闇の帝王はお怒りだ。ナルシッサ、非常にお怒りだ」

「それじゃ、思ったとおりだわ。あの方は見せしめのためにドラコを選んだのよ！」

ナルシッサは声を詰まらせた。

「あの子を成功させるおつもりではなく、途中で殺されることがお望みなのよ！」

スネイプがだまっていると、ナルシッサは最後にわずかに残った自制心さえ失ったかのようだった。立ち上がってよろよろとスネイプに近づき、ローブの胸元をつかんだ。顔をスネイプの顔に近づけ、涙をスネイプの胸元にこぼしながら、ナルシッサはあえいだ。

「あなたならできるわ。ドラコのかわりに、セブルス、あなたならできる。あなたは成功するわ。きっと成功するわ。そうすればあの方は、あなたにほかの誰よりも高い報奨を――」

スネイプはナルシッサの両手首をつかみ、しがみついている両手をはずした。涙で汚れた顔を見下ろし、スネイプがゆっくりと言った。

「あの方は最後には我輩にやらせるおつもりだ。そう思う。しかし、まずドラコにやらせると、固く決めていらっしゃる。ありえないことだが、ドラコが成功したあかつきには、我輩はもう少しホグワーツにとどまり、スパイとしての有用な役割を遂行できるわけだ」

「それじゃ、あの方は、ドラコが殺されてもかまわないと！」

「闇の帝王は非常にお怒りだ」スネイプが静かにくり返した。

「あの方は予言を聞けなかった。あなたも我輩同様、よくご存じのことだが、あの方はやすやすとはお許しにならない」

ナルシッサはスネイプの足元にくずおれ、床の上ですすり泣き、うめいた。

「私の一人息子……たった一人の息子……」

「おまえは誇りに思うべきだよ！」ベラトリックスが情け容赦なく言った。

「私に息子があれば、闇の帝王のお役に立つよう、喜んで差し出すだろう」

ナルシッサは小さく絶望の叫びを上げ、長いブロンドの髪を鷲づかみにした。スネイプがかがんで、ナルシッサの腕をつかんで立たせ、ソファにいざなった。それからナルシッサのグラスにワインを注ぎ、無理やり手に持たせた。

「ナルシッサ、もうやめなさい。これを飲んで、我輩の言うことを聞くんだ」

ナルシッサは少し静かになり、ワインをはねこぼしながら、震える手で一口飲んだ。

「可能性だが……我輩がドラコを手助けできるかもしれん」

ナルシッサが体を起こし、ろうのように白い顔で目を見開いた。

「セブルス——ああ、セブルス——あなたがあの子を助けてくださる？　あの子を見守って、危害がおよばないようにしてくださる？」

「やってみることはできる」

ナルシッサはグラスを放り出した。グラスがテーブルの上をすべると同時に、ナルシッサはソファをすべり降りて、スネイプの足元にひざまずき、スネイプの手を両の手でかき抱いて唇を押し当てた。

「あなたがあの子を護ってくださるのなら……セブルス、誓ってくださる？『破れぬ誓い』を結んでくださる？」

「『破れぬ誓い』？」

スネイプの無表情な顔からは、何も読み取れなかった。しかし、ベラトリックスは勝ち誇ったように高笑いした。

「ナルシッサ、聞いていなかったのかい？　ああ、こいつはたしかに、やってみるだろうよ……いつものむなしい言葉だ。行動を起こすときになるとうまくすり抜ける……ああ、もちろん闇の帝王の命令だろうともさ！」

スネイプはベラトリックスを見なかった。その暗い目は、自分の手をつかんだままのナルシッサの涙にぬれた青い目を見すえていた。

「いかにも。ナルシッサ、『破れぬ誓い』を結ぼう」スネイプが静かに言った。

「姉君が『結び手』になることにご同意くださるだろう」

ベラトリックスは口をあんぐり開けていた。スネイプはナルシッサと向かい合ってひざまずくように座った。ベラトリックスの驚愕のまなざしの下で、二人は右手を握り合った。

「ベラトリックス、杖が必要だ」スネイプが冷たく言った。

ベラトリックスは杖を取り出したが、まだあぜんとしていた。

「それに、もっとそばに来る必要がある」スネイプが言った。

ベラトリックスは前に進み出て、二人の頭上に立ち、結ばれた両手の上に杖の先を置いた。

ナルシッサが言葉を発した。

「セブルス、あなたは、闇の帝王の望みを叶えようとする私の息子、ドラコを見守ってくださいますか？」

「そうしよう」スネイプが言った。

まぶしい炎が、細い舌のように杖から飛び出し、灼熱の赤いひものように二人の手の周りに巻きついた。

「そしてあなたは、息子に危害がおよばぬよう、力のかぎり護ってくださいますか？」

「そうしよう」スネイプが言った。

二つ目の炎の舌が杖から噴き出し、最初の炎とからみ合い、輝く細い鎖を形作った。

「そして、もし必要になれば……ドラコが失敗しそうな場合は……」ナルシッサがささやくように言った（スネイプの手がナルシッサの手の中でピクリと動いたが、手を引っ込めはしなかった）。「闇の帝王がドラコに遂行を命じた行為を、あなたが実行してくださいますか？」

一瞬の沈黙が流れた。ベラトリックスは目を見開き、握り合った二人の手に杖を置いて見つめていた。

「そうしよう」スネイプが言った。

驚くベラトリックスの顔が、三つ目の細い炎の閃光で赤く照り輝いた。舌のような炎が杖から飛び出し、ほかの炎とからみ合い、握り合わされた二人の手にがっしりと巻きついた。縄のように。炎の蛇のように。

第3章 遺志と意思

ハリー・ポッターは大いびきをかいていた。この四時間というもの、ほとんどずっと部屋の窓際に椅子を置いて座り、だんだん暗くなる通りを見つめ続けていたが、とうとう眠り込んでしまったのだ。冷たい窓ガラスに顔の半分を押しつけ、めがねは半ばずり落ち、口はあんぐり開いている。ハリーの吐く息で窓ガラスの一部が曇り、街灯のオレンジ色の光を受けて光っている。街灯の人工的な明かりがハリーの顔からすべての色味を消し去り、真っ黒なくしゃくしゃ髪の下で幽霊のような顔に見せていた。

部屋の中には雑多な持ち物や、ちまちましたがらくたがばらまかれている。床にはふくろうの羽根やりんごの芯、キャンディの包み紙が散らかり、ベッドにはごたごたと丸められたローブの間に呪文の本が数冊、乱雑に転がっている。そして机の上の明かりだまりには、新聞が雑然と広げられていた。一枚の新聞に派手な大見出しが見える。

ハリー・ポッター　選ばれし者？

最近魔法省で『名前を言ってはいけないあの人』が再び目撃された不可解な騒動について、いまだに流言蜚語が飛び交っている。

忘却術士の一人は、昨夜魔法省を出る際に、名前を明かすことを拒んだ上で、動揺した様子で次のように語った。

「我々は何も話してはいけないことになっている。何も聞かないでくれ」

しかしながら、魔法省内のさる高官筋は、かの伝説の「予言の間」が騒動の中心となった現場だと認めた。

魔法省のスポークス魔ンはこれまで、そのような場所の存在を認めることさえ拒否してきたが、魔法界では、家屋侵入と窃盗未遂の廉で現在アズカバンに服役中の死喰い人たちが、予言を盗もうとしたのではないか、と考える魔法使いが増えている。問題の予言がどのようなものかは知られていないが、巷では、『死の呪文』を受けて生き残った唯一の人物であり、さらに問題の夜に魔法省にいたことが知られている、ハリー・ポッターに関するものではないかと推測されている。一部の魔法使いの間では、ポッターが『選ばれし者』と呼ばれ、予言が、『名前を言ってはいけないあの人』を排除できるただ一人の者として、ポッターを名指ししたと考えられている。

問題の予言の現在の所在は——ただし予言が存在するならばではあるが——杳として知れない。しかし（二面五段目に続く）

もう一枚の新聞が、最初の新聞の脇に置かれている。大見出しはこうだ。

スクリムジョール、ファッジの後任者

一面の大部分は、一枚の大きなモノクロ写真で占められている。ふさふさしたライオンのたてがみのような髪に、傷だらけの顔の男だ。写真が動いている——男が天井に向かって手を振っていた。

魔法法執行部、闇祓い局の前局長、ルーファス・スクリムジョールが、コーネリウス・ファッジのあとを受けて魔法大臣に就任した。魔法界はおおむねこの任命を歓迎しているが、就任の数時間後には、新大臣とウィゼンガモット法廷・主席魔法戦士として復帰したアルバス・ダンブルドアとの亀裂のうわさが浮上した。

スクリムジョールの補佐官らは、スクリムジョールが魔法大臣就任直後、ダンブルドアと会見したことを認めたが、話し合いの内容についてはコメントをさけた。アルバス・ダンブルドアはかねてから（三面二段目に続く）

その新聞の左に置かれた別の新聞は、「**魔法省、生徒の安全を保証**」という見出しがはっきり見えるように折ってあった。

新魔法大臣、ルーファス・スクリムジョールは今日、秋の新学期にホグワーツ魔法魔術学校に帰る学生の安全を確保するため、新しい強硬策を講じたと語った。

大臣は「当然のことだが、魔法省は、新しい厳重なセキュリティ計画の詳細について公表するつもりはない」と語ったが、内部情報筋によれば、安全措置には、防衛呪文と呪い、一連の複雑な反対呪文、さらにホグワーツ校の護衛専任の、闇祓い小規模特務部隊などがふくまれる。

新大臣が生徒の安全のために強硬な姿勢を取ったことで、大多数が安堵したと思われる。オーガスタ・ロングボトム夫人は次のように語った。「孫のネビルは――たまたまハリー・ポッターと仲良しで、ついでに申し上げますと、この六月、魔法省で彼と肩を並べて死喰い人と戦ったのですが――

記事の続きは大きな鳥かごの下に隠れて見えない。かごの中には見事な白ふくろうがいた。琥珀色の眼で部屋を睥睨し、ときどき首をぐるりと回しては、いびきをかいているご主人様をじっと見つめた。一、二度、もどかしそうにくちばしを鳴らしたが、ぐっすり眠り込んでいるハリーには聞こえなかった。

大きなトランクが部屋のまん中に置かれていた。ふたが開いている。受け入れ態勢充分の雰囲気だ。しかし、トランクの底を覆う程度に、着古した下着の残がいや菓子類、空のインク瓶や折れた羽根ペンなどがあるだけで、ほとんどからっぽだ。そのそばの床には、紫色のパンフレットが落ちていて、目立つ文字でこう書いてあった。

魔法省公報

あなたの家と家族を闇の力から護るには

魔法界は現在、死喰い人と名乗る組織の脅威にさらされています。次の簡単な安全指針を遵守すれば、あなた自身と家族、そして家を攻撃から護るのに役立ちます。

1、一人で外出しないこと

2、暗くなってからは特に注意すること。外出は、可能なかぎり暗くなる前に完了するよう段取りすること

3、家の周りの安全対策を見なおし、家族全員が、「盾の呪文」、「目くらまし呪文」、未成年の家族の場合は「付き添い姿くらまし」術などの緊急措置について認識するよう確認すること

4、親しい友人や家族の間で通用する安全のための質問事項を決め、ポリ

ジュース薬（二ページ参照）使用によって他人になりすました死喰い人を見分けられるようにすること
5、家族、同僚、友人または近所の住人の行動がおかしいと感じた場合は、すみやかに魔法警察部隊に連絡すること。「服従の呪文」（四ページ参照）にかかっている可能性がある
6、住宅その他の建物の上に闇の印が現れた場合は、入るべからず。ただちに闇祓い局に連絡すること
7、未確認の目撃情報によれば、死喰い人が「亡者」（一〇ページ参照）を使っている可能性がある。「亡者」を目撃した場合、または遭遇した場合は、ただちに魔法省に報告すること

ハリーは眠りながらうなった。窓づたいに顔が数センチすべり落ち、めがねがさらにずり落ちたが、目を覚まさない。何年か前にハリーが修理した目覚まし時計が、窓の下枠に置かれてチクタク大きな音を立てながら、十一時一分前を指していた。そのすぐ脇には羊皮紙が

一枚、ハリーのぐったりした手で押さえられていて、斜めに細長い文字が書きつけてある。三日前に届いた手紙だが、ハリーがそれ以来何度も読み返したせいで、固く巻かれていた羊皮紙が、今では真っ平らになっていた。

親愛なるハリー

君の都合さえよければ、わしはプリベット通り四番地を金曜の午後十一時に訪ね、「隠れ穴」まで君を連れていこうと思う。そこで夏休みの残りを過ごすようにと、君に招待が来ておる。

君さえよければ、「隠れ穴」に向かう途中で、わしがやろうと思っていることを手伝ってもらえればうれしい。このことは、君に会ったときに、もう少しくわしく説明するとしよう。

このふくろうで返信されたし。それでは金曜日に会いましょうぞ。

信頼を込めて

アルバス・ダンブルドア

ハリーはもう内容をそらんじていたが、今夜は七時に窓際に陣取り、それから数分おきにこの「お墨つき」をちらちら見ていた。窓際からは、プリベット通りの両端がかなりよく見える。ダンブルドアの手紙を何度も読み返したところで、意味がないことはわかっていた。手紙で指示されたように、配達してきたふくろうに「はい」の返事を持たせて帰したのだし、今は待つよりほかない。ダンブルドアは、来るか来ないかのどっちかだ。

しかしハリーは、荷物をまとめていなかった。たった二週間ダーズリー一家とつき合っただけで救い出されるのは、話がうま過ぎるような気がした。何かがうまくいかなくなるような感じをぬぐいきれなかった――ダンブルドアへの返事が行方不明になってしまったかもしれないし、ダンブルドアが都合でハリーを迎えにこられなくなる可能性もある。この手紙がダンブルドアからのものではなく、いたずらや冗談、罠だったと判明するかもしれない。荷造りをしたあとでがっかりして、また荷を解かなければならないような状況にはたえられなかった。唯一旅出つそぶりを見せるのに、ハリーは白ふくろうのヘドウィグを安全に鳥かごに閉じ込めておいた。

目覚まし時計の分針が十二を指した。まさにその時、窓の外の街灯が消えた。

ハリーは、急に暗くなったことが引き金になったかのように目を覚ました。急いでめがねをかけなおし、窓ガラスにくっついたほおをひっぺがして、そのかわり鼻を押しつけ、ハリーは目を細めて歩道を見つめた。背の高い人物が、長いマントをひるがえし、庭の小道を歩いてくる。

ハリーは電気ショックを受けたように飛び上がり、椅子をけとばし、床に散らばっている物を手当たりしだいに引っつかんではトランクに投げ入れはじめた。ローブをひとそろいと呪文の本を二冊、それにポテトチップを一袋、部屋のむこう側からポーンと放り投げたとき、玄関の呼び鈴が鳴った。

一階の居間で、バーノンおじさんが叫んだ。

「こんな夜遅くに訪問するとは、いったい何やつだ？」

ハリーは片手に真鍮の望遠鏡を持ち、もう一方の手にスニーカーを一足ぶら下げたまま、その場に凍りついた。ダンブルドアがやってくるかもしれないと、ダーズリー一家に警告するのを完全に忘れていた。大変だという焦りと、噴き出したい気持ちとの両方を感じながら、ハリーはトランクを乗り越え、部屋のドアをぐいと開けた。そのとたん、深い声が聞こえた。

「こんばんは。ダーズリーさんとお見受けするが？　わしがハリーを迎えにくることは、ハリーからお聞きおよびかと存ずるがの？」

ハリーは階段を一段飛ばしに飛び下り、下から数段目の所で急停止した。長い経験が、できるかぎりおじさんの腕の届かない所にいるべきだと教えてくれたからだ。玄関口に、銀色の髪とあごひげを腰まで伸ばした、痩身の背の高い人物が立っていた。折れ曲がった鼻に半月めがねをのせ、旅行用の長い黒マントを着て、とんがり帽子をかぶっている。ダンブルドアと同じぐらいふさふさの口ひげをたくわえた（もっとも黒いひげだが）バーノン・ダーズリーは、赤紫の部屋着を着て、自分の小さな目が信じられないかのように訪問者を見つめていた。

「あなたのあぜんとした疑惑の表情から察するに、ハリーは、わしの来訪を前もって警告しなかったのですな」

ダンブルドアは機嫌よく言った。

「しかしながら、あなたがわしを温かくお宅に招じ入れたということにいたしましょうぞ。この危険な時代に、あまり長く玄関口にぐずぐずしているのは賢明ではないからのう」

ダンブルドアはすばやく敷居をまたいで中に入り、玄関ドアを閉めた。

「前回お訪ねしたのは、ずいぶん昔じゃった」

ダンブルドアは曲がった鼻の上からバーノンおじさんを見下ろした。

「アガパンサスの花が実に見事ですのう」

バーノン・ダーズリーはまったく何も言わない。ハリーは、おじさんがまちがいなく言葉を取り戻すと思った。しかももうすぐだ――おじさんのこめかみのピクピクが危険な沸騰点に達している――しかし、ダンブルドアの持つ何かが、おじさんの息を一時的に止めてしまったかのようだった。ダンブルドアの格好がずばり魔法使いそのものだったせいかもしれないし、もしかしたら、バーノンおじさんでさえ、この人物には脅しがきかないと感じたせいなのかもしれない。

「ああ、ハリー、こんばんは」

ダンブルドアは大満足の表情で、半月めがねの上からハリーを見上げた。

「上々、上々」

この言葉でバーノンおじさんは奮い立ったようだった。バーノンおじさんにしてみれば、ハリーを見て「上々」と言うような人物とは、絶対に意見が合うはずはないのだ。

「失礼になったら申し訳ないが――」

おじさんが切り出した。一言一言に失礼さがちらついている。

「――しかし、悲しいかな、意図せざる失礼が驚くほど多いものじゃ」

ダンブルドアは重々しく文章を完結させた。

「なれば、何も言わぬが一番じゃ。ああ、これはペチュニアとお見受けする」

キッチンのドアが開いて、そこにハリーのおばがゴム手袋をはめ、寝巻きの上に部屋着をはおって立っていた。明らかに、寝る前のキッチン徹底磨き上げの最中らしい。かなり馬に似たその顔にはショック以外の何も読み取れない。

「アルバス・ダンブルドアじゃ」

バーノンおじさんが紹介する気配がないので、ダンブルドアは自己紹介した。

「お手紙をやり取りいたしましたのう」

爆発する手紙を一度送ったことをペチュニアおばさんに思い出させるにしては、こういう言い方は変わっているとハリーは思った。しかし、ペチュニアおばさんは反論しなかった。

「そして、こちらは息子さんのダドリーじゃな？」

ダドリーがその時、居間のドアから顔をのぞかせた。しまのパジャマのえりから突き出たブロンドのでかい顔は、驚きと恐れで口をぱっくり開け、体のない首だけのような奇妙さだった。ダンブルドアは、どうやらダーズリー一家の誰かが口をきくかどうかをたしかめているらしく、わずかの間待っていたが、沈黙が続いたので、ほほ笑んだ。

「わしが居間に招き入れられたことにしましょうかの？」

ダドリーは、ダンブルドアが前を通り過ぎるときにあわてて道をあけた。ハリーは望遠鏡とスニーカーをひっつかんだまま、最後の数段を一気に飛び下り、ダンブルドアのあとに従った。ダンブルドアは暖炉に一番近いひじかけ椅子に腰を下ろし、無邪気な顔であたりを観察していた。ダンブルドアの姿は、はなはだしく場ちがいだった。

「あの——先生、出かけるんじゃありませんか？」ハリーは心配そうに聞いた。

「そうじゃ、出かける。しかし、まずいくつか話し合っておかなければならないことがあるのじゃ」ダンブルドアが言った。

「それに、おおっぴらに話をしないほうがよいのでな。もう少しの時間、おじさんとおばさんのご厚意に甘えさせていただくとしよう」

「させていただく？　そうするんだろうが？」

バーノン・ダーズリーが、ペチュニアを脇にして居間に入ってきた。ダドリーは二人のあとをこそこそついてきた。

「いや、そうさせていただく」ダンブルドアはあっさりと言った。

ダンブルドアはすばやく杖を取り出した。あまりの速さにハリーにはほとんど杖が見えなかった。軽く一振りすると、ソファが飛ぶように前進して、ダーズリー一家三人のひざを後ろからすくい、三人は束になってソファに倒れた。もう一度杖を振ると、ソファはたちまち元の位置まで後退した。

「居心地よくしようのう」ダンブルドアがほがらかに言った。

ポケットに杖をしまうとき、その手が黒くしなびているのにハリーは気がついた。肉が焼け焦げて落ちたかのようだった。

「先生――どうなさったのですか、その――？」

「ハリー、あとでじゃ」ダンブルドアが言った。「おかけ」

ハリーは残っているひじかけ椅子に座り、驚いて口もきけないダーズリー一家のほうを見ないようにした。

「普通なら茶菓でも出してくださるものじゃが」ダンブルドアがバーノンおじさんに言った。「しかし、これまでの様子から察するに、そのような期待は、楽観的過ぎてバカバカしいと言えるじゃろう」

三度目の杖がピクリと動き、空中からほこりっぽい瓶とグラスが五個現れた。瓶が傾いて、それぞれのグラスに蜂蜜色の液体をたっぷりと注ぎ入れ、グラスがふわふわと五人のもとに飛んでいった。

「マダム・ロスメルタの最高級オーク樽熟成蜂蜜酒じゃ」

ダンブルドアはハリーに向かってグラスを挙げた。ハリーは自分のグラスを捕まえ、一口すすった。これまでに味わったことのない飲み物だったが、とてもおいしかった。ダーズリー一家は互いにこわごわ顔を見合わせたあと、自分たちのグラスを完全に無視しようとした。しかしそれは至難のわざだった。何しろグラスが、三人の頭を脇から軽くこづいていたからだ。ハリーはダンブルドアが大いに楽しんでいるのではないかという気持ちを打ち消せなかった。

「さて、ハリー」ダンブルドアがハリーを見た。

「面倒なことが起きてのう。君が我々のためにそれを解決してくれることを望んでおるのじゃ。我々というのは、不死鳥の騎士団のことじゃが。しかしまず君に話さねばならんことがある。シリウスの遺言が一週間前に見つかってのう、所有物のすべてを君に遺したのじゃ」

ソファのほうから、バーノンおじさんがこっちに顔を向けたが、ハリーはおじさんを見もしなかったし、「あ、はい」と言うほか、何も言うべき言葉を思いつかなかった。

「ほとんどが単純明快なことじゃ」ダンブルドアが続けた。

「グリンゴッツの君の口座に、ほどほどの金貨が増えたこと、そして君がシリウスの私有財産を相続したことじゃ。少々やっかいな遺産は——」

「名付け親が死んだと？」

バーノンおじさんがソファから大声で聞いた。ダンブルドアもハリーもおじさんのほうを見た。

蜂蜜酒のグラスが、今度は相当しつこく、バーノンの頭を横からぶっていた。おじさんはそれを払いのけようとした。

「死んだ？　こいつの名付け親が？」

「そうじゃ」

ダンブルドアは、なぜダーズリー一家に打ち明けなかったのかと、ハリーに尋ねたりはしなかった。

「問題は」ダンブルドアはじゃまが入らなかったかのようにハリーに話し続けた。「シリウスがグリモールド・プレイス十二番地を君に遺したのじゃ」

「屋敷を相続しただと？」

バーノンおじさんが小さい目を細くして、意地汚く言った。しかし、誰も答えなかった。

「ずっと本部として使っていいです」ハリーが言った。

「僕はどうでもいいんです。あげます。僕はほんとにいらないんだ」

ハリーは、できればグリモールド・プレイス十二番地に二度と足を踏み入れたくなかった。シリウスは、あそこを離れようとあれほど必死だった。それなのに、あの家に閉じ込められて、かび臭い暗い部屋をたった一人で徘徊していた。ハリーは、そんなシリウスの記憶に一生つきまとわれるだろうと思った。

「それは気前のよいことじゃ」ダンブルドアが言った。

「しかしながら、我々は一時的にあの建物から退去した」

「なぜです？」

「そうじゃな」

バーノンおじさんは、しつこい蜂蜜酒のグラスに、今や矢継ぎ早に頭をぶたれてブツクサ言っていたが、ダンブルドアは無視した。

「ブラック家の伝統で、あの屋敷は代々、ブラックの姓を持つ直系の男子に引き継がれる決まりになっておった。シリウスはその系譜の最後の者じゃった。弟のレギュラスが先に亡くなり、二人とも子供がおらなかったからのう。遺言で、シリウスはあの家を君に所有してほしいということは明白になったが、それでも、あの屋敷に何らかの呪文や呪いがかけられており、ブラック家の純血の者以外は、何人も所有できぬようになっていないともかぎらんのじゃ」

一瞬、生々しい光景がハリーの心をよぎった。グリモールド・プレイス十二番地のホールにかかっていたシリウスの母親の肖像画が、叫んだり怒りのうなり声を上げたりする様子だ。

「きっとそうなっています」ハリーが言った。

「まことに」ダンブルドアが言った。「もしそのような呪文がかけられておれば、あの屋敷の所有権は、生存しているシリウスの親族の中で最も年長の者に移る可能性が高い。つまり、いとこのベラトリックス・レストレンジということじゃ」

ハリーは思わず立ち上がった。ひざにのせた望遠鏡とスニーカーが床を転がった。ベラトリックス・レストレンジ。シリウスを殺したあいつが屋敷を相続するというのか？

「そんな」ハリーが言った。

「まあ、我々も当然、ベラトリックスが相続しないほうが好ましい」

ダンブルドアが静かに言った。

「状況は複雑を極めておる。たとえば、あの場所を特定できぬように、我々のほうでかけた呪文じゃが、所有権がシリウスの手を離れたとなると、はたして持続するかどうかわからぬ。今にもベラトリックスが戸口に現れるかもしれぬ。当然、状況がはっきりするまで、あそこを離れなければならなかったのじゃ」

「でも、僕が屋敷を所有することが許されるのかどうか、どうやったらわかるのですか？」

「幸いなことに」ダンブルドアが言った。「一つ簡単なテストがある」

ダンブルドアは空のグラスを椅子の脇の小さなテーブルに置いたが、次の行動に移る間を与えず、バーノンおじさんが叫んだ。

「このいまいましいやつを、どっかにやってくれんか？」

ハリーが振り返ると、ダーズリー家の三人が、腕で頭をかばってしゃがみ込んでいた。グラスが三人それぞれの頭を上下に飛び跳ね、中身がそこら中に飛び散っていた。

「おお、すまなんだ」ダンブルドアは礼儀正しくそう言うと、また杖を上げた。三つのグラスが全部消えた。「しかし、お飲みくださるのが礼儀というものじゃよ」

バーノンおじさんは、いや味の連発で応酬したくてたまらなそうな顔をしたが、ダンブルドアの杖に豚のようにちっぽけな目をとめたまま、ペチュニアやダドリーと一緒に小さくなってクッションに身を沈め、だまり込んだ。

「よいかな」ダンブルドアは、バーノンおじさんが何も叫ばなかったかのように、ハリーに向かって再び話しかけた。

「君が屋敷を相続したとすれば、もう一つ相続するものが──」

ダンブルドアはヒョイと五度目の杖を振った。バチンと大きな音がして、屋敷しもべ妖精が現れた。豚のような鼻、コウモリのような巨大な耳、血走った大きな目のしもべ妖精が、垢べっとりのボロを着て、毛足の長い高級そうなカーペットの上にうずくまっている。ペチュニアおばさんが、身の毛もよだつ叫びを上げた。こんな汚らしいものが家に入ってきたのは、人生始まって以来のことなのだ。ダドリーはでっかいピンク色の裸足の両足を床から離し、ほとんど頭の上まで持ち上げて座った。まるでこの生き物が、パジャマのズボンに入り込んでかけ上がってくるとでも思ったようだ。バーノンおじさんは「一体全体、こいつは何だ？」とわめいた。

「――クリーチャーじゃ」ダンブルドアが最後の言葉を言い終えた。

「クリーチャーはしない、クリーチャーはしない、クリーチャーはそうしない！」しもべ妖精は、しわがれ声でバーノンおじさんと同じぐらい大声を上げ、節くれだった長い足で地団駄を踏みながら自分の耳を引っぱった。

「クリーチャーはミス・ベラトリックスのものですから、ああ、そうですとも、クリーチャーはブラック家のものですから、クリーチャーは新しい女主人様がいいのですから、クリーチャーはポッター小僧には仕えないのですから、クリーチャーはそうしない、しない、しない――」

「ハリー、見てのとおり」ダンブルドアは、クリーチャーの「しない、しない、しない」とわめき続けるしわがれ声に消されないよう大きな声で言った。

「クリーチャーは君の所有物になるのに多少抵抗を見せておる」

「どうでもいいんです」身をよじって地団駄を踏むしもべ妖精に、嫌悪のまなざしを向けながら、ハリーは同じ言葉をくり返した。

「僕、いりません」

「しない、しない、しない、しない――」

「クリーチャーがベラトリックス・レストレンジの所有に移るほうがよいのか？　クリーチャーがこの一年、不死鳥の騎士団本部で暮らしていたことを考えてもかね？」

「しない、しない、しない、しない――」

ハリーはダンブルドアを見つめた。クリーチャーがベラトリックス・レストレンジと暮らすのを許してはならないとわかってはいたが、所有するなどとは、シリウスを裏切った生き物に責任を持つなどとは、考えるだけでいとわしかった。

「命令してみるのじゃ」

ダンブルドアが言った。

「君の所有に移っているなら、クリーチャーは君に従わねばならぬ。さもなくば、この者を正当な女主人から遠ざけておくよう、ほかの何らかの策を講ぜねばなるまい」

「しない、しない、しない、**しないぞ！**」

クリーチャーの声が高くなって叫び声になった。ハリーはほかに何も思いつかないまま、ただ
「クリーチャー、だまれ！」と言った。

一瞬、クリーチャーは窒息するかのように見えた。のどを押さえて、死に物狂いで口をパクパクさせ、両眼が飛び出していた。数秒間必死で息をのみ込んでいたが、やがてクリーチャーはうつ伏せにカーペットに身を投げ出し（ペチュニアおばさんがヒーッと泣いた）、両手両足で床をたたいて、激しく、しかし完全に無言でかんしゃくを爆発させていた。

「さて、これで事は簡単じゃ」

ダンブルドアはうれしそうに言った。

「シリウスはやるべきことをやったようじゃのう。君はグリモールド・プレイス十二番地と、そしてクリーチャーの正当な所有者じゃ」

「僕——僕、こいつをそばに置かないといけないのですか？」

ハリーは仰天した。足元でクリーチャーがジタバタし続けている。

「そうしたいなら別じゃが」ダンブルドアが言った。

「わしの意見を言わせてもらえば、ホグワーツに送って厨房で働かせてはどうじゃな。そうすれば、ほかのしもべ妖精が見張ってくれよう」

「ああ」ハリーはホッとした。「そうですね。そうします。えーと――クリーチャー――ホグワーツに行って、そこの厨房でほかのしもべ妖精と一緒に働くんだ」

クリーチャーは、今度は仰向けになって、手足を空中でバタバタさせていたが、心底おぞましげに、ハリーの顔を上下逆さまに見上げてにらむなり、もう一度バチンという大きな音を立てて消えた。

「よろしい」ダンブルドアが言った。

「もう一つ、ヒッポグリフのバックビークのことがある。シリウスが死んで以来、ハグリッドが世話をしておるが、バックビークは今や君のものじゃ。ちがった措置を取りたいのであれば……」

「いいえ」ハリーは即座に答えた。

「ハグリッドと一緒にいていいです。バックビークはそのほうがうれしいと思います」

「ハグリッドが大喜びするじゃろう」

ダンブルドアがほほ笑みながら言った。

「バックビークに再会できて、ハグリッドは興奮しておった。ところで、バックビークの安全のためにじゃが、しばらくの間、あれをウィザウィングズと呼ぶことに決めたのじゃ。もっとも、魔法省が、かつて死刑宣告をしたあのヒッポグリフだと気づくとは思えんがのう。さあ、ハリー、トランクは詰め終わっているのかね？」

「えーっと……」

「わしが現れるかどうか疑っていたのじゃな？」ダンブルドアは鋭く指摘した。

「ちょっと行って――あの――仕上げてきます」

ハリーは急いでそう言うと、望遠鏡とスニーカーをあわてて拾い上げた。必要な物を探し出すのに十分ちょっとかかった。やっとのことで、ベッドの下から「透明マント」を引っぱり出し、「色変わりインク」のふたを元どおり閉め、大鍋を詰め込んだ上から無理やりトランクのふたを閉じた。それから片手で重いトランクを持ち上げ、もう片方にヘドウィグのかごを持って、一階に戻った。

ダンブルドアが玄関ホールで待っていてくれなかったのはがっかりだった。また居間に戻らなければいけない。

誰も話をしていなかった。ダンブルドアは小さくフンフン鼻歌を歌い、すっかりくつろいだ様子だったが、その場の雰囲気たるや、冷えきったおかゆより冷たく固まっていた。

「先生――用意ができました」と声をかけながら、ハリーはとてもダーズリー一家に目をやる気になれなかった。

「よしよし」ダンブルドアが言った。「では、最後にもう一つ」

そしてダンブルドアはもう一度ダーズリー一家に話しかけた。

「当然おわかりのように、ハリーはあと一年で成人となる――」

「ちがうわ」ペチュニアおばさんが、ダンブルドアの到着以来、初めて口をきいた。

「とおっしゃいますと？」ダンブルドアは礼儀正しく聞き返した。

「いいえ、ちがいますわ。ダドリーより一か月下だし、ダッダーちゃんはあと二年たたないと十八になりません」

「ああ」ダンブルドアは愛想よく言った。「しかし、魔法界では、十七歳で成人となるのじゃ」

バーノンおじさんが「生意気な」とつぶやいたが、ダンブルドアは無視した。

「さて、すでにご存じのように、魔法界でヴォルデモート卿と呼ばれている者が、この国に戻ってきておる。魔法界は今、戦闘状態にある。ヴォルデモート卿がすでに何度も殺そうとしたハリーは、十五年前よりさらに大きな危険にさらされているのじゃ。十五年前とは、わしがそなたたちに、ハリーの両親が殺されたことを説明し、ハリーを実の息子同様に世話するよう望むという手紙をつけて、ハリーをこの家の戸口に置き去りにしたときのことじゃ」

ダンブルドアは言葉を切った。気軽で静かな声だったし、怒っている様子はまったく見えなかったが、ハリーはダンブルドアから何かひやりとするものが発散するのを感じたし、ダーズリー一家がわずかに身を寄せ合うのにも気づいた。

「そなたたちはわしが頼んだようにはせなんだ。ハリーを息子として遇したことはなかった。ハリーはただ無視され、そなたたちの手でたびたび残酷に扱われていた。せめてもの救いは、二人の間に座っておるその哀れな少年がこうむったような、言語道断の被害を、ハリーはまぬかれたということじゃろう」

ペチュニアおばさんもバーノンおじさんも、反射的にあたりを見回した。二人の間に挟まっているダドリー以外に、誰かがいることを期待したようだった。

「我々が――ダッダーを虐待したと？　何を――？」

バーノンがカンカンになってそう言いかけたが、ダンブルドアは人指し指を上げて、静かにと合図した。まるでバーノンおじさんを急に口がきけなくしてしまったかのように、沈黙が訪れた。

「わしが十五年前にかけた魔法は、この家をハリーが家庭と呼べるうちは、ハリーに強力な保護を与えるというものじゃった。ハリーがこの家でどんなにみじめだったにしても、どんなにうとまれ、どんなにひどい仕打ちを受けていたにしても、そなたたちは、しぶしぶではあったが、少なくともハリーに居場所を与えた。この魔法は、ハリーが十七歳になったときに効き目を失うであろう。つまり、ハリーが一人前の男になった瞬間にじゃ。わしは一つだけお願いする。ハリーが十七歳の誕生日を迎える前に、もう一度ハリーがこの家に戻ることを許してほしい。そうすれば、その時が来るまでは、護りはたしかに継続するのじゃ」

ダーズリー一家は誰も何も言わなかった。ダドリーは、いったいいつ自分が虐待されたのかをまだ考えているかのように、顔をしかめていた。バーノンおじさんはのどに何かつっかえたような顔をしていた。しかし、ペチュニアおばさんは、なぜか顔を赤らめていた。

「さて、ハリー……出発の時間じゃ」

立ち上がって長い黒マントのしわを伸ばしながら、ダンブルドアがついにそう言った。

「またお会いするときまで」とダンブルドアは挨拶したが、ダーズリー一家は、自分たちとしてはその時が永久に来なくてよいという顔をしていた。帽子を脱いで挨拶した後、ダンブルドアはすっと部屋を出た。

「さよなら」

急いでダーズリーたちにそう挨拶し、ハリーもダンブルドアに続いた。ダンブルドアはヘドウィグの鳥かごを上にのせたトランクのそばで立ち止まった。

「これは今のところ、じゃまじゃな」

ダンブルドアは再び杖を取り出した。

「『隠れ穴』で待っているように送っておこう。ただ、透明マントだけは持っていきなさい……万が一のためにじゃ」

トランクの中がごちゃごちゃなので、ダンブルドアに見られまいとして苦労しながら、ハリーはやっと透明マントを引っぱり出した。それを上着の内ポケットにしまい込むと、ダンブルドアが杖を一振りし、トランクも、鳥かごも、ヘドウィグも消えた。ダンブルドアがさらに杖を振ると、玄関の戸が開き、ひんやりした霧の闇が現れた。

「それではハリー、夜の世界に踏み出し、あの気まぐれで蠱惑的な女性を追求するのじゃ。冒険という名の」

第4章　ホラス・スラグホーン

この数日というもの、ハリーは目覚めている時間は一瞬も休まず、ダンブルドアが迎えにきてくれますようにと必死に願い続けていた。にもかかわらず、一緒にプリベット通りを歩きはじめると、ハリーはとても気詰まりな思いがした。これまで、ホグワーツの外で校長と会話らしい会話をしたことがない。いつも机を挟んで話をしていたからだ。その上、最後に面と向かって話し合ったときの記憶がよみがえり、気まずい思いをいやが上にも強めていた。あの時ハリーは、さんざんどなったばかりか、ダンブルドアの大切にしていた物をいくつか、力任せに打ち砕いた。

しかし、ダンブルドアのほうは、まったくゆったりしたものだった。

「ハリー、杖を準備しておくのじゃ」ダンブルドアはほがらかに言った。

「でも、先生、僕は、学校の外で魔法を使ってはいけないのではありませんか？」

「襲われた場合は」ダンブルドアが言った。「わしが許可する。君の思いついた反対呪文や呪い返しを何なりと使ってよいぞ。しかし、今夜は襲われることを心配しなくともよかろう」

「どうしてですか、先生？」

「わしと一緒じゃからのう」

ダンブルドアはさらりと言った。

「ハリー、このあたりでよかろう」

プリベット通りの端で、ダンブルドアが急に立ち止まった。

「君はまだ当然、『姿あらわし』テストに合格しておらんの？」

「はい」ハリーが言った。

「十七歳にならないとだめなのではないのですか？」

「そのとおりじゃ」ダンブルドアが言った。

「それでは、わしの腕にしっかりつかまらなければならぬ。左腕にしてくれるかの――気づいておろうが、わしの杖腕は今、多少もろくなっておるのでな」

ハリーは、ダンブルドアが差し出した左腕をしっかりつかんだ。

「それでよい」ダンブルドアが言った。

「さて、参ろう」

ハリーは、ダンブルドアの腕がねじれて抜けていくような感じがして、ますます固く握りしめた。気がつくと、すべてが闇の中だった。四方八方からぎゅうぎゅう押さえつけられている。息ができない。鉄のベルトで胸をしめつけられているようだ。目の玉が顔の奥に押しつけられ、鼓膜が頭がい骨深く押し込められていくようだった。そして――。

ハリーは冷たい夜気を胸いっぱい吸い込んで、涙目になった目を開けた。たった今細いゴム管の中を無理やり通り抜けてきたような感じだった。しばらくしてやっと、プリベット通りが消えていることに気づいた。今は、ダンブルドアと二人で、どこやらさびれた村の小さな広場に立っていた。広場のまん中に古ぼけた戦争記念碑が建ち、ベンチがいくつか置かれている。遅ればせながら、理解が感覚に追いついてきた。ハリーはたった今、生まれて初めて「姿あらわし」したのだ。

「大丈夫かな？」

ダンブルドアが気づかわしげにハリーを見下ろした。

「この感覚には慣れが必要でのう」

「大丈夫です」

ハリーは耳をこすった。何だか耳が、プリベット通りを離れるのをかなり渋ったような感覚だった。

「でも、僕は箒のほうがいいような気がします」

ダンブルドアはほほ笑んで、旅行用マントのえり元をしっかり合わせなおし、「こっちじゃ」と言った。

ダンブルドアはきびきびした歩調で、からっぽの旅籠や何軒かの家を通り過ぎた。近くの教会の時計を見ると、ほとんど真夜中だった。

「ところで、ハリー」ダンブルドアが言った。

「君の傷痕じゃが……近ごろ痛むかな？」

ハリーは思わず額に手を上げて、稲妻形の傷痕をさすった。

「いいえ」ハリーが答えた。

「でも、それがおかしいと思っていたんです。ヴォルデモートがまたとても強力になったのだから、しょっちゅう焼けるように痛むだろうと思っていました」

ハリーがちらりと見ると、ダンブルドアは満足げな表情をしていた。

「わしはむしろその逆を考えておった」ダンブルドアが言った。

「君はこれまでヴォルデモート卿の考えや感情に接近するという経験をしてきたのじゃが、ヴォルデモート卿はやっと、それが危険だということに気づいたのじゃ。どうやら、君に対して『閉心術』を使っているようじゃな」

「なら、僕は文句ありません」

心をかき乱される夢を見なくなったことも、ヴォルデモートの心をのぞき見てぎくりとするような場面がなくなったことも、ハリーは惜しいとは思わなかった。

二人は角を曲がり、電話ボックスとバス停を通り過ぎた。ハリーはまたダンブルドアを盗み見た。

「先生？」

「何じゃね？」

「あの――ここはいったいどこですか？」

「ここはのう、ハリー、バドリー・ババートンというすてきな村じゃ」

「それで、ここで何をするのですか？」

「おう、そうじゃ、君にまだ話してなかったのう」ダンブルドアが言った。

「さて、近年何度これと同じことを言うたか、数えきれぬほどじゃが、またしても、先生が一人足りない。ここに来たのは、わしの古い同僚を引退生活から引っぱり出し、ホグワーツに戻るよう説得するためじゃ」

「先生、僕はどんな役に立つんですか？」

「ああ、君が何に役立つかは、今にわかるじゃろう」

ダンブルドアはあいまいな言い方をした。

「ここを左じゃよ、ハリー」

二人は両側に家の立ち並んだ狭い急な坂を上った。窓という窓は全部暗かった。ここ二週間、プリベット通りを覆っていた奇妙な冷気が、この村にも流れていた。吸魂鬼のことを考え、ハリーは振り返りながら、ポケットの中の杖を再確認するように握りしめた。

「先生、どうしてその古い同僚の方の家に、直接『姿あらわし』なさらなかったんですか？」

「それはの、玄関の戸をけ破ると同じぐらい失礼なことだからじゃ」ダンブルドアが言った
「入室を拒む機会を与えるのが、我々魔法使いの間では礼儀というものでな。いずれにせよ、魔法界の建物はだいたいにおいて、好ましからざる『姿あらわし』に対して魔法で護られておる。たとえば、ホグワーツでは――」

「――建物の中でも校庭でも『姿あらわし』ができない」ハリーがすばやく言った。

「ハーマイオニー・グレンジャーが教えてくれました」

「まさにそのとおり。また左折じゃ」

二人の背後で、教会の時計が十二時を打った。昔の同僚を、こんな遅い時間に訪問するのは失礼にならないのだろうかと、ハリーはダンブルドアの考えをいぶかしく思ったが、せっかく会話がうまく成り立つようになったので、ハリーにはもっと差し迫って質問したいことがあった。

「先生、『日刊予言者新聞』で、ファッジがクビになったという記事を見ましたが……」

「そうじゃ」

ダンブルドアは、今度は急な脇道を上っていた。

「後任者は、君も読んだことと思うが、闇祓い局の局長だった人物で、ルーファス・スクリムジョールじゃ」

「その人……適任だと思われますか？」ハリーが聞いた。

「おもしろい質問じゃ」ダンブルドアが言った。

「たしかに能力はある。コーネリウスよりは意思のはっきりした、強い個性を持っておる」

「ええ、でも僕が言いたいのは――」

「君が言いたかったことはわかっておる。ルーファスは行動派の人間で、人生の大半を闇の魔法使いと戦ってきたのじゃから、ヴォルデモート卿を過小評価してはおらぬ」

ハリーは続きを待ったが、ダンブルドアは、「日刊予言者新聞」に書かれていたスクリムジョールとの意見の食いちがいについて何も言わなかった。ハリーも、その話題を追及する勇気がなかったので、話題を変えた。

「それから……先生……マダム・ボーンズのことを読みました」

「そうじゃ」ダンブルドアが静かに言った。

「手痛い損失じゃ。偉大な魔女じゃった。この奥じゃ。たぶん——アツッ」

ダンブルドアはけがをした手で指差していた。

「先生、その手はどう——？」

「今は説明している時間がない」ダンブルドアが言った。

「スリル満点の話じゃから、それにふさわしく語りたいでのう」

ダンブルドアはハリーに笑いかけた。すげなく拒絶されたわけではなく、質問を続けてよいという意味だと、ハリーはそう思った。

「先生——ふくろうが魔法省のパンフレットを届けてきました。死喰い人に対して我々がどういう安全措置を取るべきかについての……」

「そうじゃ、わしも一通受け取った」

ダンブルドアはほほ笑んだまま言った。

「役に立つと思ったかの？」

「あんまり」

「そうじゃろうと思うた。たとえばじゃが、君はまだ、わしのジャムの好みを聞いておらんのう。わしがほんとうにダンブルドア先生で、騙り者ではないことをたしかめるために」

「それは、でも……」

ハリーは叱られているのかどうか、よくわからないまま答えはじめた。

「君の後学のために言うておくが、ハリー、ラズベリーじゃよ……もっとも、わしが死喰い人なら、わしに扮する前に、必ずジャムの好みを調べておくがのう」

「あ……はい」ハリーが言った。

「あの、パンフレットに、『亡者』とか書いてありました。いったい、どういうものですか？パンフレットでははっきりしませんでした」

「屍じゃ」ダンブルドアが冷静に言った。

「闇の魔法使いの命令どおりのことをするように魔法がかけられた死人のことじゃ。しかし、ここしばらくは亡者が目撃されておらぬ。前回ヴォルデモートが強力だったとき以来……あやつは、言うまでもなく、死人で軍団ができるほど多くの人を殺した。ハリー、ここじゃよ。ここ……」

二人は、こぎれいな石造りの、庭つきの小さな家に近づいていた。門に向かっていたダンブルドアが急に立ち止まった。しかしハリーは、「亡者」という恐ろしい考えを咀嚼するのに忙しく、ほかのことに気づく余裕もなかったので、ダンブルドアにぶつかってしまった。

「なんと、なんと、なんと」

ダンブルドアの視線をたどったハリーは、きちんと手入れされた庭の小道の先を見て愕然とした。玄関のドアの蝶番がはずれてぶら下がっていた。

ダンブルドアは通りの端から端まで目を走らせた。まったく人の気配がない。

「ハリー、杖を出して、わしについてくるのじゃ」ダンブルドアが低い声で言った。

ダンブルドアは門を開け、ハリーをすぐ後ろに従えて、すばやく、音もなく小道を進んだ。そして杖を掲げてかまえ、玄関のドアをゆっくり開けた。

「ルーモス！　光よ！」

ダンブルドアの杖先に灯りがともり、狭い玄関ホールが照らし出された。左側のドアが開けっ放しだった。杖灯りを掲げ、ダンブルドアは居間に入っていった。ハリーはすぐ後ろについていった。

乱暴狼藉の跡が目に飛び込んできた。バラバラになった大型の床置時計が足元に散らばり、文字盤は割れ、振り子は打ち捨てられた剣のように、少し離れた所に横たわっている。ピアノが横倒しになって、鍵盤が床の上にばらまかれ、そのそばには落下したシャンデリアの残がいが光っている。クッションはつぶれて脇の裂け目から羽毛が飛び出しているし、グラスや陶器のかけらが、そこいら中に粉をまいたように飛び散っていた。ダンブルドアは杖をさらに高く掲げ、光が壁を照らすようにした。壁紙にどす黒いべっとりした何かが飛び散っている。ハリーが小さく息をのんだので、ダンブルドアが振り返った。

「気持ちのよいものではないのう」

ダンブルドアが重い声で言った。

「そう、何か恐ろしいことが起こったのじゃ」

ダンブルドアは注意深く部屋のまん中まで進み、足元の残がいをつぶさに調べた。ハリーもあとに従い、ピアノの残がいやひっくり返ったソファの陰に死体が見えはしないかと、半分びくびくしながらあたりを見回したが、そんな気配はなかった。

「先生、争いがあったのでは——その人が連れ去られたのではありませんか?」

壁の中ほどまで飛び散る血痕を残すようなら、どんなにひどく傷ついていることかと、つい想像してしまうのを打ち消しながら、ハリーが言った。

「いや、そうではあるまい」

ダンブルドアは、横倒しになっている分厚過ぎるひじかけ椅子の裏側をじっと見ながら静かに言った。

「では、その人は――？」

「まだそのあたりにいるとな？　そのとおりじゃ」

ダンブルドアは突然サッと身をひるがえし、ふくれ過ぎたひじかけ椅子のクッションに杖の先を突っ込んだ。すると椅子が叫んだ。

「痛い！」

「こんばんは、ホラス」

ダンブルドアは体を起こしながら挨拶した。

ハリーはあんぐり口を開けた。今の今までひじかけ椅子があった所に、堂々と太ったはげ頭の老人がうずくまり、下っ腹をさすりながら、涙目で恨みがましくダンブルドアを見上げていた。

「そんなに強く杖で突く必要はなかろう」

男はよいしょと立ち上がりながら声を荒らげた。

「痛かったぞ」

飛び出した目と、堂々たる銀色のセイウチひげ。ライラック色の絹のパジャマ。その上にはおった栗色のビロードの上着についているピカピカのボタンと、つるつる頭のてっぺんに、杖灯りが反射した。頭のてっぺんはダンブルドアのあごにも届かないくらいだ。

「なんでバレた？」

まだ下っ腹をさすりながらよろよろ立ち上がった男が、うめくように言った。ひじかけ椅子のふりをしていたのを見破られたばかりにしては、見事なほど恥じ入る様子がない。

「親愛なるホラスよ」

ダンブルドアはおもしろがっているように見えた。

「ほんとうに死喰い人が訪ねてきていたのなら、家の上に闇の印が出ていたはずじゃ」

男はずんぐりした手で、はげ上がった広い額をピシャリとたたいた。

「闇の印か」男がつぶやいた。

「何か足りないと思っていた……まあ、よいわ。いずれにせよ、そんなひまはなかっただろう。君が部屋に入ってきたときには、腹のクッションのふくらみを仕上げたばかりだったし」

男は大きなため息をつき、その息で口ひげの端がひらひらはためいた。

「片づけの手助けをしましょうかの？」ダンブルドアが礼儀正しく聞いた。

「頼む」男が言った。

背の高い痩身の魔法使いと背の低い丸い魔法使いが、二人背中合わせに立ち、二人とも同じ動きで杖をスイーッと掃くように振った。

家具が飛んで元の位置に戻り、飾り物は空中で元の形になったし、羽根はクッションに吸い込まれ、破れた本はひとりでに元どおりになりながら本棚に収まった。石油ランプは脇机まで飛んで戻り、また火がともった。おびただしい数の銀の写真立ては、破片が部屋中をキラキラと飛んで、そっくり元に戻り、曇り一つなく机の上に降り立った。裂け目も割れ目も穴も、そこら中で閉じられ、壁もひとりでにきれいにふき取られた。

「ところで、あれは何の血だったのかね？」

再生した床置時計のチャイムの音にかき消されないように声を張り上げて、ダンブルドアが聞いた。

「ああ、あの壁か？　ドラゴンだ」

ホラスと呼ばれた魔法使いが、シャンデリアがひとりでに天井にねじ込まれるガリガリ、チャリンチャリンというやかましい音にまじって叫んだ。

最後にピアノがポロンと鳴り、そして静寂が訪れた。

「ああ、ドラゴンだ」

ホラスが気軽な口調でくり返した。

「わたしの最後の一本だが、このごろ値段は天井知らずでね。いや、まだ使えるかもしれん」

ホラスはドスドスと食器棚の上に置かれたクリスタルの小瓶に近づき、瓶を明かりにかざして中のどろりとした液体を調べた。

「フム、ちょっとほこりっぽいな」

ホラスは瓶を戸棚の上に戻し、ため息をついた。ハリーに視線が行ったのはその時だった。

「ほほう」

丸い大きな目がハリーの額に、そしてそこに刻まれた稲妻形の傷に飛んだ。

「ほっほう！」

「こちらは」

ダンブルドアが紹介をするために進み出た。

「ハリー・ポッター。ハリー、こちらが、わしの古い友人で同僚のホラス・スラグホーンじゃ」

スラグホーンは、抜け目のない表情でダンブルドアに食ってかかった。

「それじゃあ、その手でわたしを説得しようと考えたわけだな？　いや、答えはノーだよ、アルバス」

スラグホーンは決然と顔を背けたまま、誘惑に抵抗する雰囲気を漂わせて、ハリーのそばを通り過ぎた。

「一緒に一杯飲むぐらいのことはしてもよかろう？」ダンブルドアが問いかけた。

「昔のよしみで？」

スラグホーンはためらった。

「よかろう、一杯だけだ」スラグホーンは無愛想に言った。

ダンブルドアはハリーにほほ笑みかけ、つい先ほどまでスラグホーンが化けていた椅子とそうちがわない椅子を指して、座るようにうながした。その椅子は、火の気の戻ったばかりの暖炉と、明るく輝く石油ランプのすぐ脇にあった。ハリーは、ダンブルドアが自分をなぜかできるだけ目立たせたがっているとはっきり感じながら、椅子に腰かけた。たしかに、デカンターとグラスの準備に追われていたスラグホーンが、再び部屋を振り返ったとき、真っ先にハリーに目が行った。

「フン」

まるで目が傷つくのを恐れるかのように、スラグホーンは急いで目をそらした。

「ほら――」

スラグホーンは、勝手に腰かけていたダンブルドアに飲み物を渡し、ハリーに盆をぐいと突き出してから、元どおりになったソファにとっぷりと腰を下ろし、不機嫌にだまり込んだ。脚が短過ぎて、床に届いていない。

「さて、元気だったかね、ホラス？」ダンブルドアが尋ねた。

「あまりパッとしない」

スラグホーンが即座に答えた。

「胸が弱い。ゼイゼイする。リュウマチもある。昔のようには動けん。まあ、そんなもんだろう。年だ。疲労だ」

「それでも、即座にあれだけの歓迎の準備をするには、相当すばやく動いたに相違なかろう」ダンブルドアが言った。「警告はせいぜい三分前だったじゃろう？」

スラグホーンは半ばいらいら、半ば誇らしげに言った。

「二分だ。『侵入者よけ』が鳴るのが聞こえなんだ。風呂に入っていたのでね。しかし」

再び我に返ったように、スラグホーンは厳しい口調になった。

「アルバス、わたしが老人である事実は変わらん。静かな生活と多少の人生の快楽を勝ち得た、つかれた年寄りだ」

ハリーは部屋を見回しながら、たしかにそういうものを勝ち得ていると思った。ごちゃごちゃした息が詰まるような部屋ではあったが、快適でないとは誰も言わないだろう。ふかふかの椅子や足のせ台、飲み物や本、チョコレートの箱やふっくらしたクッション。誰が住んでいるかを知らなかったら、ハリーはきっと、金持ちの小うるさいひとり者の老婦人が住んでいると思ったことだろう。

「ホラス、君はまだわしほどの年ではない」ダンブルドアが言った。

「まあ、君自身もそろそろ引退を考えるべきだろう」

スラグホーンはぶっきらぼうに言った。淡いスグリ色の目は、すでにダンブルドアの傷ついた手をとらえていた。

「昔のような反射神経ではないらしいな」

「まさにそのとおりじゃ」

ダンブルドアは落ち着いてそう言いながら、そでを振るようにして黒く焼け焦げた指の先をあらわにした。一目見て、ハリーは首の後ろがゾクッとした。

「たしかにわしは昔より遅くなった。しかしまた一方……」

ダンブルドアは肩をすくめ、年の功はあるものだというふうに、両手を広げた。すると、傷ついていない左手に、以前には見たことがない指輪がはめられているのにハリーは気づいた。金細工と思われる、かなり不器用に作られた大ぶりの指輪で、まん中に亀裂の入った黒いどっしりした石がはめ込んである。スラグホーンもしばらく指輪に目をとめたが、わずかに顔をしかめて、はげ上がった額に一瞬しわが寄るのを、ハリーは見た。

「ところで、ホラス、侵入者よけのこれだけの予防線は……死喰い人のためかね？　それともわしのためかね？」ダンブルドアが聞いた。

「わたしみたいな哀れなよれよれの老いぼれに、死喰い人が何の用がある？」

スラグホーンが問いただした。

「連中は、君の多大なる才能を、恐喝、拷問、殺人に振り向けさせたいと欲するのではないかのう」ダンブルドアが答えた。

「連中がまだ勧誘しにきておらんというのは、ほんとうかね？」

スラグホーンは一瞬ダンブルドアを悲しげな目つきで見ながら、つぶやいた。

「やつらにそういう機会を与えなかった。一年間、居場所を変え続けていたんだ。同じ場所に、一週間以上とどまったためしがない。マグルの家を転々とした。――この家の主は休暇でカナリア諸島でね。とても居心地がよかったから去るのは残念だ。やり方を一度飲み込めば至極簡単だよ。マグルが『かくれん防止器』がわりに使っているちゃちな防犯ブザーに、単純な『凍結呪文』をかけること、ピアノを運び込むとき近所の者に絶対見つからないようにすること、これだけでいい」

「巧みなものじゃ」ダンブルドアが言った。

「しかし、静かな生活を求めるよれよれの老いぼれにしては、たいそうつかれる生き方に聞こえるがのう。さて、ホグワーツに戻れば――」

「あのやっかいな学校にいれば、わたしの生活はもっと平和になるとでも言い聞かせるつもりなら、アルバス、言うだけむだだ！　たとえ隠れ住んでいても、ドローレス・アンブリッジが去ってから、おかしなうわさがわたしの所にいくつか届いているぞ！　君がこのごろ教師にそういう仕打ちをしているなら――」

「アンブリッジ先生は、ケンタウルスの群れと面倒を起こしたのじゃ」

ダンブルドアが言った。

「君なら、ホラス、まちがっても『禁じられた森』にずかずか踏み入って、怒ったケンタウルスたちを『汚らわしい半獣』呼ばわりするようなことはあるまい」

「そんなことをしたのか？　あの女は？」スラグホーンが言った。

「愚かしい女め。もともとあいつは好かん」

ハリーがクスクス笑った。ダンブルドアもスラグホーンも、ハリーのほうを振り向いた。

「すみません」ハリーがあわてて言った。

「ただ――僕もあの人が嫌いでした」

ダンブルドアが突然立ち上がった。

「帰るのか？」間髪を容れず、スラグホーンが期待顔で言った。

「いや、手水場を拝借したいが」ダンブルドアが言った。

「ああ」スラグホーンは明らかに失望した声で言った。

「廊下の左手二番目」

ダンブルドアは部屋を横切って出ていった。その背後でドアが閉まると、沈黙が訪れた。しばらくして、スラグホーンが立ち上がったが、どうしてよいやらわからない様子だった。ちらりとハリーを見るなり、肩をそびやかして暖炉まで歩き、暖炉を背にしてどでかい尻を温めた。

「彼がなぜ君を連れてきたか、わからんわけではないぞ」スラグホーンが唐突に言った。

ハリーはただスラグホーンを見た。スラグホーンのうるんだ目が、今度は傷痕の上をすべるように見ただけでなく、ハリーの顔全体も眺めた。

「君は父親にそっくりだ」

「ええ、みんながそう言います」ハリーが言った。

「目だけがちがう。君の目は――」

「ええ、母の目です」何度も聞かされて、ハリーは少しうんざりしていた。

「フン。うん、いや、教師として、もちろんえこひいきすべきではないが、彼女はわたしの気に入りの一人だった。君の母親のことだよ」

ハリーの物問いたげな顔に応えて、スラグホーンが説明をつけ加えた。

「リリー・エバンズ。教え子の中でもずば抜けた一人だった。そう、生き生きとしていた。魅力的な子だった。わたしの寮に来るべきだったと、彼女によくそう言ったものだが、いつもいたずらっぽく言い返されたものだった」

「どの寮だったのですか？」

「わたしはスリザリンの寮監だった」スラグホーンが答えた。

「それ、それ」

ハリーの表情を見て、ずんぐりした人指し指をハリーに向かって振りながら、スラグホーンが急いで言葉を続けた。

「そのことでわたしを責めるな！　君は彼女と同じくグリフィンドールなのだろうな？　そう、普通は家系で決まる。必ずしもそうではないが。シリウス・ブラックの名を聞いたことがあるか？　聞いたはずだ――この数年、新聞に出ていた――数週間前に死んだな――」

見えない手が、ハリーの内臓をギュッとつかんでねじったかのようだった。

「まあ、とにかく、シリウスは学校で君の父親の大の親友だった。ブラック家は全員わたしの寮だったが、シリウスはグリフィンドールに決まった。残念だ――能力ある子だったのに。弟のレギュラスが入学して来たときは獲得したが、できればひとそろい欲しかった」

オークションで競り負けた熱狂的な蒐集家のような言い方だった。思い出にふけっているらしく、スラグホーンはその場でのろのろと体を回し、熱が尻全体に均等に行き渡るようにしながら、反対側の壁を見つめた。

「言うまでもなく、君の母親はマグル生まれだった。そうと知ったときには信じられなかったね。絶対に純血だと思った。それほど優秀だった」

「僕の友達にもマグル生まれが一人います」ハリーが言った。

「しかも学年で一番の女性です」

「ときどきそういうことが起こるのは不思議だ。そうだろう？」スラグホーンが言った。

「別に」ハリーが冷たく言った。

スラグホーンは驚いて、ハリーを見下ろした。

「わたしが偏見を持っているなどと、思ってはいかんぞ！」スラグホーンが言った。

「いや、いや、いーや！　君の母親は、今までで一番気に入った生徒の一人だったと、たった今言ったはずだが？　それにダーク・クレスウェルもいるな。彼女の下の学年だった——今では小鬼連絡室の室長だ——これもマグル生まれで、非常に才能のある学生だった。今でも、グリンゴッツの出来事に関して、すばらしい内部情報をよこす！」

スラグホーンははずむように体を上下に揺すりながら、満足げな笑みを浮かべてドレッサーの上にずらりと並んだ輝く写真立てを指差した。それぞれの額の中で小さな写真の主が動いている。

「全部昔の生徒だ。サイン入り。バーナバス・カッフに気づいただろうが、『日刊予言者新聞』の編集長で、毎日のニュースに関するわたしの解釈に常に関心を持っている。それにアンブロシウス・フルーム——ハニーデュークスの——誕生日のたびに一箱よこす。それもすべて、わたしがシセロン・ハーキスに紹介してやったおかげで、彼が最初の仕事に就けたからだ！　後ろの列――首を伸ばせば見えるはずだが――あれがグウェノグ・ジョーンズ。言うまでもなく女性だけのチームのホリヘッド・ハーピーズのキャプテンだ……わたしとハーピーズの選手たちとは、姓名の名のほうで気軽に呼びあう仲だと聞くと、みんな必ず驚く。それに欲しければいつでも、ただの切符が手に入る！」

スラグホーンは、この話をしているうちに、大いにゆかいになった様子だった。

「それじゃ、この人たちはみんなあなたの居場所を知っていて、いろいろな物を送ってくるのですか？」

ハリーは、菓子の箱やクィディッチの切符が届き、助言や意見を熱心に求める訪問者たちが、スラグホーンの居場所を突き止められるのなら、死喰い人だけがまだ探し当てていないのはおかしいと思った。

壁から血のりが消えるのと同じぐらいあっという間に、スラグホーンの顔から笑いがぬぐい去られた。

「無論ちがう」

スラグホーンは、ハリーを見下ろしながら言った。

「一年間誰とも連絡を取っていない」

ハリーには、スラグホーンが自分自身の言ったことにショックを受けているように思えた。スラグホーンは一瞬、相当動揺した様子だった。それから肩をすくめた。

「しかし……賢明な魔法使いは、こういうときにはおとなしくしているものだ。ダンブルドアが何を話そうと勝手だが、今この時にホグワーツに職を得るのは、公に『不死鳥の騎士団』への忠誠を表明するに等しい。騎士団員はみな、まちがいなくあっぱれで勇敢で、立派な者たちだろうが、わたし個人としてはあの死亡率はいただけない――」

「ホグワーツで教えても、『不死鳥の騎士団』に入る必要はありません」

ハリーは嘲るような口調を隠しきることができなかった。シリウスが洞窟にうずくまって、ネズミを食べて生きていた姿を思い出すと、スラグホーンの甘やかされた生き方に同情する気には、とうていなれなかった。

「大多数の先生は団員ではありませんし、それに誰も殺されていません――でも、クィレルは別です。あんなふうにヴォルデモートと組んで仕事をしていたのですから、当然の報いを受けたんです」

スラグホーンも、ヴォルデモートの名前を聞くのがたえられない魔法使いの一人だろうという確信があった。ハリーの期待は裏切られなかった。スラグホーンは身震いして、ガアガアと抗議の声を上げたが、ハリーは無視した。

「ダンブルドアが校長でいるかぎり、教職員はほかの大多数の人より安全だと思います。ダンブルドアは、ヴォルデモートが恐れたただ一人の魔法使いのはずです。そうでしょう？」

ハリーはかまわず続けた。

スラグホーンは一呼吸、二呼吸、空を見つめた。ハリーの言ったことをかみしめているようだった。

「まあ、そうだ。たしかに、『名前を呼んではいけないあの人』はダンブルドアとはけっして戦おうとはしなかった」

スラグホーンはしぶしぶつぶやいた。

「それに、わたしが死喰い人に加わらなかった以上、『名前を呼んではいけないあの人』がわたしを友とみなすとはとうてい思えない、とも言える……その場合は、わたしはアルバスともう少し近しいほうが安全かもしれん……アメリア・ボーンズの死が、わたしを動揺させなかったとは言えない……あれだけ魔法省に人脈があって保護されていたのに、その彼女が……」

ダンブルドアが部屋に戻ってきた。スラグホーンはまるでダンブルドアが家にいることを忘れていたかのように飛び上がった。

「ああ、いたのか、アルバス。ずいぶん長かったな。腹でもこわしたか？」

「いや、マグルの雑誌を読んでいただけじゃ」ダンブルドアが言った。

「編み物のパターンが大好きでな。さて、ハリー、ホラスのご厚意にだいぶ長々と甘えさせてもらった。いとまする時間じゃ」

ハリーはまったく躊躇せずに従い、すぐに立ち上がった。スラグホーンは狼狽した様子だった。

「行くのか？」

「いかにも。勝算がないものは、見ればそうとわかるものじゃや」

「勝算がない……？」

スラグホーンは、気持ちが揺れているようだった。ダンブルドアが旅行用マントのひもを結び、ハリーが上着のジッパーを閉めるのを見つめながら、ずんぐりした親指同士をくるくる回してそわそわしていた。

「さて、ホラス、君が教職を望まんのは残念じゃ」

ダンブルドアは傷ついていないほうの手を挙げて別れの挨拶をした。

「ホグワーツは、君が再び戻れば喜んだであろうがのう。我々の安全対策は大いに増強されてはおるが、君の訪問ならいつでも歓迎しましょうぞ。君がそう望むならじゃが」

「ああ……まあ……ご親切に……どうも……」

「では、さらばじゃ」

「さようなら」ハリーが言った。

二人が玄関口まで行ったときに、後ろから叫ぶ声がした。

「わかった、わかった。引き受ける！」

ダンブルドアが振り返ると、スラグホーンは居間の出口に息を切らせて立っていた。

「引退生活から出てくるのかね？」

「そうだ、そうだ」

スラグホーンが急き込んで言った。

「ばかなことにちがいない。しかしそうだ」

「すばらしいことじゃ」

ダンブルドアがニッコリした。

「では、ホラス、九月一日にお会いしましょうぞ」

「ああ、そういうことになる」スラグホーンがうなった。

二人が庭の小道に出たとき、スラグホーンの声が追いかけてきた。

「ダンブルドア、給料は上げてくれるだろうな！」

ダンブルドアはクスクス笑った。門の扉が二人の背後でバタンと閉まり、暗闇と渦巻く霧の中、二人は元来た坂道を下った。

「よくやった、ハリー」ダンブルドアが言った。

「僕、何にもしてません」ハリーが驚いて言った。

「いいや、したとも。ホグワーツに戻ればどんなに得るところが大きいかを、君はまさに自分の身をもってホラスに示したのじゃ。ホラスのことは気に入ったかね？」

「あ……」

ハリーはスラグホーンが好きかどうかわからなかった。あの人はあの人なりに、いい人なのだろうと思ったが、同時に虚栄心が強いように思えた。それに、言葉とは裏腹に、マグル生まれの者が優秀な魔女であることに、異常なほど驚いていた。

「ホラスは」

ダンブルドアが話を切り出し、ハリーは、何か答えなければならないという重圧から解放された。

「快適さが好きなのじゃ。それに、有名で、成功した力のある者と一緒にいることも好きでのう。そういう者たちに自分が影響を与えていると感じることが楽しいのじゃ。けっして自分が王座に着きたいとは望まず、むしろ後方の席が好みじゃ――それ、ゆったりと体を伸ばせる場所がのう。ホグワーツでもお気に入りを自ら選んだ。時には野心や頭脳により、時には魅力や才能によって、さまざまな分野でやがては抜きん出るであろう者を選び出すという、不思議な才能を持っておった。ホラスはお気に入りを集めて、自分を取り巻くクラブのようなものを作った。そのメンバー間で人を紹介したり、有用な人脈を固めたりして、その見返りに常に何かを得ていた。好物の砂糖漬けパイナップルの箱詰めだとか、小鬼連絡室の次の室長補佐を推薦する機会だとか」

突然、ハリーの頭の中に、ふくれ上がった大蜘蛛が周囲に糸をつむぎ出し、あちらこちらに糸をひっかけ、大きくておいしそうなハエを手元にたぐり寄せる姿が、生々しく浮かんだ。

「こういうことを君に聞かせるのは」

ダンブルドアが言葉を続けた。

「ホラスに対して――これからスラグホーン先生とお呼びしなければならんのう――悪感情を持たせるためではなく、君に用心させるためじゃ。まちがいなくあの男は、君を蒐集しようとする。君は蒐集物の中の宝石になるじゃろう。『生き残った男の子』……または、このごろでは『選ばれし者』と呼ばれておるのじゃからのう」

その言葉で、周りの霧とは何の関係もない冷気がハリーを襲った。数週間前に聞いた言葉を思い出したのだ。恐ろしい、ハリーにとって特別な意味のある言葉を。

「一方が生きるかぎり、他方は生きられぬ……」

ダンブルドアは、さっき通った教会の所まで来ると歩みを止めた。

「このあたりでいいじゃろう、ハリー。わしの腕につかまるがよい」

今度は覚悟ができていたので、ハリーは「姿あらわし」する態勢になっていたが、それでも快適ではなかった。しめつける力が消えて、再び息ができるようになったとき、ハリーは田舎道でダンブルドアの脇に立っていた。目の前に、世界で二番目に好きな建物のくねくねした影が見えた。「隠れ穴」だ。たった今、体中に走った恐怖にもかかわらず、その建物を見ると自然に気持ちがたかぶった。あそこにロンがいる……ハリーが知っている誰よりも料理が上手なウィーズリーおばさんも……。

「ハリー、ちょっとよいかな」

門を通り過ぎながらダンブルドアが言った。

「別れる前に、少し君と話がしたい。二人きりで。ここではどうかな？」

ダンブルドアはウィーズリー家の箒がしまってある、崩れかかった石の小屋を指差した。何だろうと思いながら、ハリーはダンブルドアに続いて、キーキー鳴る戸をくぐり、普通の戸棚より少し小さいくらいの小屋の中に入った。ダンブルドアは杖先に灯りをともし、松明のように光らせて、ハリーにほほ笑みかけた。

「このことを口にするのを許してほしいのじゃが、ハリー、魔法省でいろいろとあったにもかかわらず、ようたえておると、わしはうれしくもあり、君を少し誇らしくも思うておる。シリウスも君を誇りに思ったじゃろう。そう言わせてほしい」

ハリーはぐっとつばを飲んだ。声がどこかへ行ってしまったようだった。シリウスの話をするのはたえられないと思った。バーノンおじさんが「名付け親が死んだと？」と言うのを聞いただけでハリーは胸が痛んだし、シリウスの名前がスラグホーンの口から気軽に出てくるのを聞くのはなおつらかった。

「残酷なことじゃ」

ダンブルドアが静かに言った。

「君とシリウスがともに過ごした時間はあまりにも短かった。長く幸せな関係になるはずだったものを、無残な終わり方をした」

ダンブルドアの帽子を登りはじめたばかりのクモから目を離すまいとしながら、ハリーはうなずいた。ハリーにはわかった。ダンブルドアは理解してくれているのだ。そしてたぶん見抜いているのかもしれない。ダンブルドアの手紙が届くまでは、ダーズリーの家で、ハリーが食事もとらずほとんどベッドに横たわりきりで、霧深い窓を見つめていたことを。そして吸魂鬼がそばにいるときのように、冷たくむなしい気持ちに沈んでいたことをも。

「信じられないんです」

ハリーはやっと低い声で言った。

「あの人がもう僕に手紙をくれないなんて」

突然目頭が熱くなり、ハリーは瞬きした。あまりにも些細なことなのかもしれないが、ホグワーツの外に、まるで両親のようにハリーの身の上を心配してくれる人がいるということこそ、名付け親がいるとわかった大きな喜びだった……もう二度と、郵便配達ふくろうがその喜びを運んでくることはない……。

「シリウスは、それまで君が知らなかった多くのものを体現しておった」

ダンブルドアはやさしく言った。

「それを失うことは、当然、大きな痛手じゃ……」

「でも、ダーズリーの所にいる間に」

ハリーが口を挟んだ。声がだんだん力強くなっていた。

「僕、わかったんです。閉じこもっていてはだめだって――神経がまいっちゃいけないって。シリウスはそんなことを望まなかったはずです。それに、どっちみち人生は短いんだ……マダム・ボーンズも、エメリーン・バンスも……次は僕かもしれない。そうでしょう？　でも、もしそうなら」

ハリーは、今度はまっすぐに、杖灯りに輝くダンブルドアの青い目を見つめながら、激しい口調で言った。

「僕は必ず、できるだけ多くの死喰い人を道連れにします。それに、僕の力がおよぶならヴォルデモートも」

「父君、母君の息子らしい言葉じゃ。そして、真にシリウスの名付け子じゃ！」

ダンブルドアは満足げにハリーの背中をたたいた。

「君に脱帽じゃ――クモを浴びせかけることにならなければ、ほんとうに帽子を脱ぐところじゃが」

「さて、ハリーよ、密接に関連する問題なのじゃが……君はこの二週間、『日刊予言者新聞』を取っておったと思うが？」

「はい」ハリーの心臓の鼓動が少し速くなった。

「されば、『予言の間』での君の冒険については、情報もれどころか情報洪水だったことがわかるじゃろう？」

「はい」ハリーは同じ返事をくり返した。

「ですから、今ではみんなが知っています。僕がその――」

「いや、世間は知らぬことじゃ」ダンブルドアがさえぎった。

「君とヴォルデモートに関してなされた予言の全容を知っているのは、世界中でたった二人だけじゃ。そしてその二人とも、この臭い、クモだらけの箒小屋に立っておるのじゃ。しかし、多くの者が、ヴォルデモートが死喰い人に予言を盗ませようとしたこと、そしてその予言が君に関することだという推量をしたし、それが正しい推量であることはたしかじゃ」

「そこで、わしの考えにまちがいはないと思うが、君は予言の内容を誰にも話しておらんじゃろうな？」

「はい」ハリーが言った。

「それはおおむね賢明な判断じゃ」ダンブルドアが言った。

「ただし、君の友人に関しては、ゆるめるべきじゃろう。そう、ミスター・ロナルド・ウィーズリーとミス・ハーマイオニー・グレンジャーのことじゃ」

ハリーが驚いた顔をすると、ダンブルドアは言葉を続けた。

「この二人は知っておくべきじゃと思う。これほど大切なことを二人に打ち明けぬというのは、二人にとってかえって仇になる」

「僕が打ち明けないのは――」

「――二人を心配させたり怖がらせたりしたくないと？」

ダンブルドアは半月めがねの上からハリーをじっと見ながら言った。

「もしくは、君自身が心配したり怖がったりしていると打ち明けたくないということかな？　ハリー、君にはあの二人の友人が必要じゃ。君がいみじくも言ったように、シリウスは、君が閉じこもることを望まなかったはずじゃ」

ハリーは何も言わなかったが、ダンブルドアは答えを要求しているようには見えなかった。

「話は変わるが、関連のあることじゃ。今学年、君にわしの個人教授を受けてほしい」

「個人――先生と？」だまって考え込んでいたハリーは、驚いて聞いた。

「そうじゃ。君の教育に、わしがより大きく関わる時が来たと思う」

「先生、何を教えてくださるのですか？」

「ああ、あっちをちょこちょこ、こっちをちょこちょこじゃ」

ダンブルドアは気楽そうに言った。

ハリーは期待して待ったが、ダンブルドアがくわしく説明しなかったので、ずっと気になっていた別のことを尋ねた。

「先生の授業を受けるのでしたら、スネイプとの『閉心術』の授業は受けなくてよいですね？」

「スネイプ先生じゃよ、ハリー――そうじゃ、受けないことになる」

「よかった」ハリーはホッとした。

「だって、あれは――」

ハリーはほんとうの気持ちを言わないようにしようと、言葉を切った。

「ぴったり当てはまる言葉は『大しくじり』じゃろう」ダンブルドアがうなずいた。

ハリーは笑いだした。

「それじゃ、これからはスネイプ先生とあまりお会いしないことになりますね」

ハリーが言った。

「だって、O・W・Lテストで『優』を取らないと、あの先生は『魔法薬』を続けさせてくれないですし、僕はそんな成績は取れていないことがわかっています」

「取らぬふくろうの羽根算用はせぬことじゃ」

ダンブルドアは重々しく言った。

「そういえば、成績は今日中に、もう少しあとで配達されるはずじゃ。さて、ハリー、別れる前にあと二件ある」

「まず最初に、これからはずっと、常に透明マントを携帯してほしい。ホグワーツの中でもじゃ。万一のためじゃよ。よいかな？」

ハリーはうなずいた。

「そして最後に、君がここに滞在する間、『隠れ穴』には魔法省による最大級の安全策が施されておる。これらの措置のせいで、アーサーとモリーにはすでにある程度のご不便をおかけしておる――たとえばじゃが、郵便は、届けられる前に全部、魔法省に検査されておる。二人はまったく気にしておらぬ。君の安全を一番心配しておるからじゃ。しかし、君自身が危険に身をさらすようなまねをすれば、二人の恩を仇で返すことになるじゃろう」

「わかりました」ハリーはすぐさま答えた。

「それならよろしい」

そう言うと、ダンブルドアは箒小屋の戸を押し開けて庭に歩み出た。

「台所に明かりが見えるようじゃ。君のやせ細りようをモリーが嘆く機会を、これ以上先延ばしにしてはなるまいのう」

第5章　ヌラーがべっとり

ハリーとダンブルドアは、「隠れ穴」の裏口に近づいた。いつものように古いゴム長靴やさびた大鍋が周りに散らかっている。遠くの鳥小屋から、コッコッと鶏の低い眠そうな鳴き声が聞こえた。ダンブルドアが三度戸をたたくと、台所の窓越しに、中で急に何かが動くのがハリーの目に入った。

「誰？」

神経質な声がした。ハリーにはそれがウィーズリーおばさんの声だとわかった。

「名を名乗りなさい！」

「わしじゃ、ダンブルドアじゃよ。ハリーを連れておる」

すぐに戸が開いた。背の低い、ふっくらしたウィーズリーおばさんが、着古した緑の部屋着を着て立っていた。

「ハリー、まあ！　まったく、アルバスったら、ドキッとしたわ。明け方前には着かないっておっしゃったのに！」
「運がよかったのじゃ」ダンブルドアがハリーを中へといざないながら言った。「スラグホーンは、わしが思ったよりずっと説得しやすかったのでな。もちろんハリーのお手柄じゃ。ああ、これはニンファドーラ！」

ハリーが見回すと、こんな遅い時間なのに、ウィーズリーおばさんは一人ではなかった。くすんだ茶色の髪にハート形の青白い顔をした若い魔女が、大きなマグを両手に挟んでテーブル脇に座っていた。

「こんばんは、先生」魔女が挨拶した。「よう、ハリー」

「やあ、トンクス」

ハリーはトンクスがやつれたように思った。病気かもしれない。無理をして笑っているようだ。見た目には、いつもの風船ガムピンクの髪をしていないので、まちがいなく色あせている。

「わたし、もう帰るわ」

トンクスは短くそう言うと、立ち上がってマントを肩に巻きつけた。

「モリー、お茶と同情をありがとう」

「わしへの気づかいでお帰りになったりせんよう」ダンブルドアがやさしく言った。

「わしは長くはいられないのじゃ。ルーファス・スクリムジョールと、緊急に話し合わねばならんことがあってのう」

「いえいえ、わたし、帰らなければいけないの」トンクスはダンブルドアと目を合わせなかった。

「おやすみ――」

「ねえ、週末の夕食にいらっしゃらない？　リーマスとマッド・アイも来るし――？」

「ううん、モリー、だめ……でもありがとう……みんな、おやすみなさい」

トンクスは急ぎ足でダンブルドアとハリーのそばを通り、庭に出た。戸口から数歩離れた所で、トンクスはくるりと回り、跡形もなく消えた。ウィーズリーおばさんが心配そうな顔をしているのに、ハリーは気づいた。

「さて、ホグワーツで会おうぞ、ハリー」ダンブルドアが言った。

「くれぐれも気をつけることじゃ。モリー、ご機嫌よろしゅう」

ダンブルドアはウィーズリー夫人に一礼して、トンクスに続いて出ていき、まったく同じ場所で姿を消した。庭に誰もいなくなると、ウィーズリーおばさんは戸を閉め、ハリーの肩を押して、テーブルを照らすランタンの明るい光の所まで連れていき、ハリーの姿をたしかめた。

「ロンと同じだわ」

ハリーを上から下まで眺めながら、おばさんがため息をついた。

「二人ともまるで『引き伸ばし呪文』にかかったみたい。この前ロンに学校用のローブを買ってやってから、あの子、まちがいなく十センチは伸びてるわね。ハリー、お腹すいてない？」

「うん、すいてる」ハリーは、突然空腹感に襲われた。

「お座りなさいな。何かあり合わせを作るから」

腰かけたとたん、ペチャンコ顔の、オレンジ色の毛がふわふわした猫がひざに飛び乗り、のどをゴロゴロ鳴らしながら座り込んだ。

「じゃ、ハーマイオニーもいるの？」

クルックシャンクスの耳の後ろをカリカリかきながら、ハリーはうれしそうに聞いた。

「ええ、そうよ。おととい着いたわ」

ウィーズリーおばさんは、大きな鉄鍋を杖でコツコツたたきながら答えた。鍋はガランガランと大きな音を立てて飛び上がり、かまどにのって、たちまちぐつぐつ煮えだした。

「もちろん、みんなもう寝てますよ。あなたがあと数時間は来ないと思ってましたからね。さあ、さあ――」

おばさんは、また鍋をたたいた。鍋が宙に浮き、ハリーのほうに飛んできて傾いた。ウィーズリーおばさんは深皿をサッとその下に置き、とろりとしたオニオンスープが湯気を立てて流れ出すのを見事に受けた。

「パンはいかが？」

「いただきます」

おばさんが肩越しに杖を振ると、パン一塊とナイフが優雅に舞い上がってテーブルに降りた。パンが勝手に切れて、スープ鍋がかまどに戻ると、ウィーズリーおばさんはハリーのむかい側に腰かけた。

「それじゃ、あなたがホラス・スラグホーンを説得して、引き受けさせたのね？」

口がスープでいっぱいで話せなかったので、ハリーはうなずいた。

「アーサーも私もあの人に教えてもらったの」おばさんが言った。

「長いことホグワーツにいたのよ。ダンブルドアと同じころに教えはじめたと思うわ。あの人のこと、好き？」

今度はパンで口がふさがり、ハリーは肩をすくめて、どっちつかずに首を振った。

「そうでしょうね」おばさんはわけ知り顔でうなずいた。

「もちろんあの人は、その気になればいい人になれるわ。だけどアーサーは、あの人のことをあんまり好きじゃなかった。魔法省はスラグホーンのお気に入りだらけよ。あの人はいつもそういう手助けが上手なの。でもアーサーにはあんまり目をかけたことがなかった――出世株だとは思わなかったらしいの。でも、ほら、スラグホーンにだって、それこそ目ちがいってものがあるのよ。ロンはもう手紙で知らせたかしら――ごく最近のことなんだけど――アーサーが昇格したの！」

ウィーズリーおばさんが、はじめからこれを言いたくてたまらなかったことは、火を見るより明らかだった。ハリーは熱いスープをしこたま飲み込んだ。のどが火ぶくれになるのがわかるような気がした。

「すごい！」ハリーが息をのんで言った。

「やさしい子ね」おばさんがニッコリした。ハリーが涙目になっているのを、知らせを聞いて感激しているとかんちがいしたらしい。

「そうなの。ルーファス・スクリムジョールが、新しい状況に対応するために、新しい局をいくつか設置してね、アーサーは『偽の防衛呪文ならびに保護器具の発見ならびに没収局』の局長になったのよ。とっても大切な仕事で、今では部下が十人いるわ！」

「それって、何を――？」

「ええ、あのね、『例のあの人』がらみのパニック状態で、あちこちでおかしな物が売られるようになったの。『例のあの人』や『死喰い人』から護るはずのいろんな物がね。どんな物か想像がつくというものだわ――保護薬と称して実は腫れ草の膿を少し混ぜた肉汁ソースだったり、防衛呪文のはずなのに、実際は両耳が落ちてしまう呪文を教えたり……まあ、犯人はだいたいがマンダンガス・フレッチャーのような、まっとうな仕事をしたことがないような連中で、みんなの恐怖につけ込んだ仕業なんだけど、ときどきとんでもないやっかいな物が出てくるの。このあいだアーサーが、呪いのかかった『かくれん防止器』を一箱没収したけど、死喰い人が仕掛けたものだということは、ほとんどまちがいないわ。だからね、とっても大切なお仕事なの。それで、アーサーに言ってやりましたとも。点火プラグだとかトースターだとか、マグルのがらくたを処理できないのがさびしいなんて言うのは、ばかげてるってね」

ウィーズリーおばさんは、点火プラグをなつかしがるのは当然だと言ったのがハリーであるかのように、厳しい目つきで話し終えた。

「ウィーズリーおじさんは、まだお仕事中ですか？」ハリーが聞いた。

「そうなのよ。実は、ちょっとだけ遅過ぎるんだけど……真夜中ごろに戻るって言ってましたからね……」

おばさんはテーブルの端に置いてある洗濯物かごに目をやった。かごに積まれたシーツの山の上に、大きな時計が危なっかしげにのっていた。ハリーはすぐその時計を思い出した。針が九本、それぞれに家族の名前が書いてある。いつもはウィーズリー家の居間にかかっているが、今置いてある場所から考えると、ウィーズリーおばさんが家中持ち歩いているらしい。九本全部が今や「**命が危ない**」を指していた。

「このところずっとこんな具合なのよ」

おばさんがなにげない声で言おうとしているのが、見え透いていた。

「『例のあの人』のことが明るみに出て以来ずっとそうなの。今は、誰もが命が危ない状況なのでしょうけれど……うちの家族だけということはないと思うわ……でも、ほかにこんな時計を持っている人を知らないから、たしかめようがないの。あっ！」

急に叫び声を上げ、おばさんが時計の文字盤を指した。ウィーズリーおじさんの針が回って「**移動中**」になっていた。

「お帰りだわ！」

そしてそのとおり、まもなく裏口の戸をたたく音がした。ウィーズリーおばさんは勢いよく立ち上がり、ドアへと急いだ。片手をドアの取っ手にかけ、顔を木のドアに押しつけて、おばさんが小声で呼びかけた。

「アーサー、あなたなの？」

「そうだ」

ウィーズリーおじさんのつかれた声が聞こえた。

「しかし、私が『死喰い人』だったとしても同じことを言うだろう。質問しなさい！」

「まあ、そんな……」

「モリー！」

「はい、はい……あなたの一番の望みは何？」

「飛行機がどうして浮いていられるのかを解明すること」

ウィーズリーおばさんはうなずいて、取っ手を回そうとした。ところがむこう側でウィーズリーおじさんがしっかり取っ手を押さえているらしく、ドアは頑として閉じたままだった。

「モリー！　私も君にまず質問しなければならん！」

「アーサーったら、まったく。こんなこと、ばかげてるわ……」

「私たち二人きりのとき、君は私に何て呼んでほしいかね？」

ランタンのほの暗い明かりの中でさえ、ハリーはウィーズリーおばさんが真っ赤になるのがわかった。ハリーも耳元から首が急に熱くなるのを感じて、できるだけ大きな音を立ててスプーンと皿をガチャつかせ、あわててスープをがぶ飲みした。

おばさんは恥ずかしさに消え入りたそうな様子で、ドアの端のすきまに向かってささやいた。

「かわいいモリウォブル」

「正解」ウィーズリーおじさんが言った。「さあ中に入れてもいいよ」

おばさんが戸を開けると、夫が姿を現した。赤毛がはげ上がった細身の魔法使いで、角縁めがねをかけ、長いほこりっぽい旅行用マントを着ている。

「あなたがお帰りになるたびにこんなことをくり返すなんて、私、いまだに納得できないわ」

夫のマントを脱がせながら、おばさんはまだほおを染めていた。

「だって、あなたに化ける前に、死喰い人はあなたから無理やり答えを聞き出したかもしれないでしょ！」

「わかってるよ、モリー。しかしこれが魔法省の手続きだし、私が模範を示さないと。何かいい匂いがするね――オニオンスープかな？」

ウィーズリー氏は、期待顔で匂いのするテーブルのほうを振り向いた。

「ハリー！　朝まで来ないと思ったのに！」

二人は握手し、ウィーズリーおじさんはハリーの隣の椅子にドサッと座り込んだ。おばさんがおじさんの前にもスープを置いた。

「ありがとう、モリー。今夜は大変だった。どこかのばか者が『変化メダル』を売りはじめたんだ。首にかけるだけで、自由に外見を変えられるとか言ってね。十万種類の変身、たった十ガリオン！」

「それで、それをかけると実際どうなるの？」

「だいたいは、かなり気持ちの悪いオレンジ色になるだけだが、何人かは、体中に触手のようなイボが噴き出してきた。聖マンゴの仕事がまだ足りないと言わんばかりだ！」

「フレッドとジョージならおもしろがりそうな代物だけど」

おばさんがためらいがちに言った。

「あなた、ほんとうに――？」

「もちろんだ！」おじさんが言った。

「あの子たちは、こんな時にそんなことはしない！　みんなが必死に保護を求めているというときに！」

「それじゃ、遅くなったのは『変化メダル』のせいなの？」

「いや、エレファント・キャッスルでたちの悪い『逆火呪い』があるとタレ込みがあった。しかし幸い、我々が到着したときにはもう、魔法警察部隊が片づけていた……」

ハリーはあくびを手で隠した。

「もう寝なくちゃね」

ウィーズリーおばさんの目はごまかせなかった。

「フレッドとジョージの部屋を、あなたのために用意してありますよ。自由にお使いなさいね」

「でも、二人はどこに？」

「ああ、あの子たちはダイアゴン横丁。いたずら専門店の上にある、小さなアパートで寝起きしているの。とっても忙しいのでね」

ウィーズリーおばさんが答えた。

「最初は正直言って、感心しなかったわ。でも、あの子たちはどうやら、ちょっと商才があるみたい！　さあ、さあ、あなたのトランクはもう上げてありますよ」

「おじさん、おやすみなさい」

ハリーは椅子を引きながら挨拶した。クルックシャンクスが軽やかにひざから飛び降り、しゃなしゃなと部屋から出ていった。

「おやすみ、ハリー」おじさんが言った。

おばさんと二人で台所を出るとき、ハリーは、おばさんがちらりと洗濯物かごの時計に目をやるのに気づいた。針全部がまたしても「**命が危ない**」を指していた。

フレッドとジョージの部屋は三階にあった。おばさんがベッド脇の小机に置いてあるランプを杖で指すと、すぐに灯りがともり、部屋は心地よい金色の光で満たされた。小窓の前に置かれた机には、大きな花瓶に花が生けてあった。しかし、そのかぐわしい香りでさえ、火薬のような臭いが漂っているのをごまかすことはできなかった。床の大半は、封をしたままの、何も印のない段ボール箱で占められていた。ハリーの学校用トランクもその間にあった。部屋は一時的に倉庫として使われているように見えた。

大きな洋だんすの上にヘドウィグが止まっていて、ハリーに向かってうれしげにホーと一声鳴いてから、窓から飛び立っていった。ハリーの顔を見るまで狩に出ないで待っていたのにちがいない。ハリーはおばさんにおやすみの挨拶をして、パジャマに着替え、二つあるベッドの一つにもぐり込んだ。枕カバーの中に何やら固い物があるので、中を探って引っぱり出すと、紫とオレンジ色のべたべたした物が出てきた。見覚えのある「ゲーゲー・トローチ」だった。ハリーはひとり笑いしながら横になり、たちまち眠りに落ちた。

数秒後に、とハリーには思えたが、大砲のような音がしてドアが開き、ハリーは起こされてしまった。ガバッと起き上がると、カーテンをサーッと開ける音が聞こえた。まぶしい太陽の光が両目を強くつつくようだった。ハリーは片手で目を覆い、もう一方の手でそこいら中をさわってめがねを探した。

「どうじだんだ?」

「君がもうここにいるなんて、僕たち知らなかったぜ!」

興奮した大声が聞こえ、ハリーは頭のてっぺんにきつい一発を食らった。

「ロン、ぶっちゃだめよ!」女性の声が非難した。

ハリーの手がめがねを探し当てた。急いでめがねをかけたものの、光がまぶし過ぎてほとんど何も見えない。長い影が近づいてきて、目の前で一瞬揺れた。瞬きすると焦点が合って、ロン・ウィーズリーがニヤニヤ見下ろしているのが見えた。

「元気か?」

「最高さ」

ハリーは頭のてっぺんをさすりながら、また枕に倒れ込んだ。

「君は？」

「まあまあさ」

ロンは、段ボールを一箱引き寄せて座った。

「いつ来たんだ？　ママがたった今教えてくれた！」

「今朝一時ごろだ」

「マグルのやつら、大丈夫だったか？　ちゃんと扱ってくれたか？」

「いつもどおりさ」

そう言う間に、ハーマイオニーがベッドの端にちょこんと腰かけた。

「連中、ほとんど僕に話しかけなかった。僕はそのほうがいいんだけどね。ハーマイオニー、元気？」

「ええ、私は元気よ」

ハーマイオニーは、まるでハリーが病気にかかりかけているかのように、じっと観察していた。

ハリーにはその気持ちがわかるような気がしたが、シリウスの死やほかの悲惨なことを、今は話したくなかった。

「今何時？　朝食を食べそこねたのかなあ？」ハリーが言った。

「心配するなよ。ママがお盆を運んでくるから。君が充分食ってない様子だって思ってるのさ」

まったくママらしいよと言いたげに、ロンは目をグリグリさせた。

「それで、最近どうしてた？」

「別に。おじとおばの所で、どうにも動きが取れなかっただろ？」

「うそつけ！」ロンが言った。「ダンブルドアと一緒に出かけたじゃないか！」

「そんなにわくわくするようなものじゃなかったよ。ダンブルドアは、昔の先生を引退生活から引っ張り出すのを、僕に手伝ってほしかっただけさ。名前はホラス・スラグホーン」

「なんだ」ロンががっかりしたような顔をした。

「僕たちが考えてたのは――」

ハーマイオニーがサッと警告するような目でロンを見た。ロンは超スピードで方向転換した。

「――考えてたのは、たぶん、そんなことだろうってさ」

「ほんとか？」ハリーは、おかしくて聞き返した。

「ああ……そうさ、アンブリッジがいなくなったし、当然新しい『闇の魔術に対する防衛術』の先生がいるだろ？　だから、えーと、どんな人？」

「ちょっとセイウチに似てる。それに、前はスリザリンの寮監だった。ハーマイオニー、どうかしたの？」

ハーマイオニーは、今にも奇妙な症状が現れるのを待つかのように、ハリーを見つめていたが、あわててあいまいにほほ笑み、表情を取りつくろった。

「ううん、何でもないわ、もちろん！　それで、んー、スラグホーンはいい先生みたいだった？」

「わかんない」ハリーが答えた。「アンブリッジ以下ってことは、ありえないだろ？」

「アンブリッジ以下の人、知ってるわ」

入口で声がした。ロンの妹がいらいらしながら、つっかかるように前かがみの格好で入ってきた。

「おっはよ、ハリー」

「いったいどうした？」ロンが聞いた。

「あの女よ」

ジニーはハリーのベッドにドサッと座った。

「頭に来るわ」

「あの人、今度は何をしたの？」ハーマイオニーが同情したように言った。

「私に対する口のきき方よ――まるで三つの女の子に話すみたいに！」

「わかるわ」ハーマイオニーが声を落とした。「あの人、ほんとに自意識過剰なんだから」

ハーマイオニーがウィーズリーおばさんのことをこんなふうに言うなんて、とハリーは度肝を抜かれ、ロンが怒ったように言い返すのも当然だと思った。

「二人とも、ほんの五秒でいいから、あの女をほっとけないのか？」

「えーえ、どうぞ、あの女をかばいなさいよ」ジニーがピシャリと言った。

「あんたがあの女にメロメロなことぐらい、みんな知ってるわ」

ロンの母親のことにしてはおかしい。ハリーは何かが抜けていると感じはじめた。

「誰のことを——？」

質問が終わらないうちに答えが出た。部屋の戸が再びパッと開き、ハリーは無意識に、ベッドカバーを思いきりあごの下まで引っぱり上げた。おかげでハーマイオニーとジニーが床にすべり落ちた。

入口に若い女性が立っていた。息をのむほどの美しさに、部屋中の空気が全部のまれてしまったようだった。背が高く、すらりとたおやかで、長いブロンドの髪。その姿からかすかに銀色の光が発散しているかのようだった。非の打ち所がない姿をさらに完全にしたのは、女性のささげているどっさり朝食がのった盆だった。

「アリー」ハスキーな声が言った。

「おいさしぶーりね！」

女性がサッと部屋の中に入り、ハリーに近づいてきたその時、かなり不機嫌な顔のウィーズリーおばさんが、ひょこひょことあとから現れた。

「お盆を持って上がる必要はなかったのよ。私が自分でそうするところだったのに！」

「なんでもありませーん」

そう言いながら、フラー・デラクールは盆をハリーのひざにのせ、ふわーっとかがんでハリーの両ほおにキスした。ハリーはその唇が触れた所が焼けるような気がした。

「私、このいとに、とても会いたかったでーす。私のシースタのガブリエル、あなた覚えてますか？『アリー・ポター』のこと、あの子、いつもあなしていまーす。また会えると、きーっと喜びます」

「あ……あの子もここにいるの？」ハリーの声がしわがれた。

「いいえ、いーえ、おばかさーん」

フラーは玉を転がすように笑った。

「来年の夏でーす。その時、私たち――あら、あなた知らないですか？」

フラーは大きな青い目を見開いて、非難するようにウィーズリー夫人を見た。おばさんは「まだハリーに話す時間がなかったのよ」と言った。

フラーは豊かなブロンドの髪を振ってハリーに向きなおり、その髪がウィーズリー夫人の顔を鞭のように打った。

「私、ビルと結婚しまーす！」

「ああ」

ハリーは無表情に言った。ウィーズリーおばさんもハーマイオニーもジニーも、けっして目を合わせまいとしていることに、いやでも気づかないわけにはいかなかった。

「ウワー、あ――おめでとう！」

フラーはまた踊るようにかがんで、ハリーにキスした。

「ビルは今、とーても忙しいです。アードにあたらいていまーす。そして、私、グリンゴッツでパートタイムであたらいていまーす。えいーごのため。それで彼、私をしばらーくここに連れてきました。家族のいとを知るためでーす。あなたがここに来るというあなしを聞いてうれしかったでーす。――お料理と鶏が好きじゃないと、ここはあまりすることがありませーん！　じゃ――朝食を楽しーんでね、アリー！」

そう言い終えると、フラーは優雅に向きを変え、ふわーっと浮かぶように部屋を出ていき、静かにドアを閉めた。

ウィーズリーおばさんが何か言ったが、「シッシッ！」と聞こえた。

「ママはあの女が大嫌い」ジニーが小声で言った。

「嫌ってはいないわ！」

おばさんが不機嫌にささやくように言った。

「二人が婚約を急ぎ過ぎたと思うだけ、それだけです！」

「知り合ってもう一年だぜ」ロンは妙にふらふらしながら、閉まったドアを見つめていた。

「それじゃ、長いとは言えません！　どうしてそうなったか、もちろん私にはわかりますよ。『例のあの人』が戻ってきていろいろ不安になっているからだわ。明日にも死んでしまうかもしれないと思って。だから、普通なら時間をかけるようなことも、決断を急ぐの。前にあの人が強力だったときも同じだったわ。あっちでもこっちでも、そこいら中でかけ落ちして――」

「ママとパパもふくめてね」ジニーがおちゃめに言った。

「そうよ、まあ、お父さまと私は、お互いにぴったりでしたもの。待つ意味がないでしょう？」

ウィーズリー夫人が言った。

「ところがビルとフラーは……さあ……どんな共通点があるというの？　ビルは勤勉で地味なタイプなのに、あの娘は――」

「派手な牝牛」ジニーがうなずいた。

「でもビルは地味じゃないわ。『呪い破り』でしょう？　ちょっと冒険好きで、わくわくするようなものにひかれる……きっとそれだからヌラーにまいったのよ」

「ジニー、そんな呼び方をするのはおやめなさい」

ウィーズリーおばさんは厳しく言ったが、ハリーもハーマイオニーも笑った。

「さあ、もう行かなくちゃ……ハリー、温かいうちに卵を食べるのよ」

おばさんは悩みつかれた様子で、部屋を出ていった。ロンはまだ少しくらくらしているようだった。頭を振ってみたら治るかもしれないと、ロンは耳の水をはじき出そうとしている犬のようなしぐさをした。

「同じ家にいたら、あの人に慣れるんじゃないのか？」ハリーが聞いた。

「ああ、そうさ」ロンが言った。「だけど、あんなふうに突然飛び出してこられると……」

「救いようがないわ」

ハーマイオニーが腹を立てて、つんけんしながらロンからできるだけ離れ、壁際で回れ右して腕組みし、ロンのほうを向いた。

「あの人に、ずーっとうろうろされたくはないでしょう？」

まさかという顔で、ジニーがロンに聞いた。ロンが肩をすくめただけなのを見て、ジニーが言った。

「とにかく、賭けてもいいけど、ママががんばってストップをかけるわ」

「どうやってやるの？」ハリーが聞いた。

「トンクスを何度も夕食に招待しようとしてる。ビルがトンクスのほうを好きになればいいって期待してるんだと思うな。そうなるといいな。家族にするなら、私はトンクスのほうがずっといい」

「そりゃあ、うまくいくだろうさ」ロンが皮肉った。

「いいか、まともな頭の男なら、フラーがいるのにトンクスを好きになるかよ。そりゃ、トンクスはまあまあの顔さ。髪の毛や鼻に変なことさえしなきゃ。だけど――」

「トンクスは、ヌラーよりめちゃくちゃいい性格してるよ」ジニーが言った。

「それにもっと知的よ。闇祓いですからね！」隅のほうからハーマイオニーが言った。

「フラーはバカじゃないよ。三校対抗試合選手に選ばれたぐらいだ」ハリーが言った。

「あなたまでが！」ハーマイオニーが苦々しく言った。

「ヌラーが『アリー』って言う、言い方が好きなんでしょう？」

ジニーが軽蔑したように言った。

「ちがう」

ハリーは、口を挟まなきゃよかったと思いながら言った。

「僕はただ、ヌラーが――じゃない、フラーが――」

「私は、トンクスが家族になってくれたほうがずっといい」ジニーが言った。

「少なくともトンクスはおもしろいもの」

「このごろじゃ、あんまりおもしろくないぜ」ロンが言った。

「近ごろトンクスを見るたびに、だんだん『嘆きのマートル』に似てきてるな」

「そんなのフェアじゃないわ」

ハーマイオニーがピシャリと言った。

「あのことからまだ立ち直っていないのよ……あの……つまり、あの人はトンクスのいとこだったんだから！」

ハリーは気がめいった。シリウスに行き着いてしまった。ハリーはフォークを取り上げて、スクランブルエッグをがばがばと口に押し込みながら、この部分の会話に誘い込まれることだけは、何としてもさけたいと思った。

「トンクスとシリウスはお互いにほとんど知らなかったんだぜ！」ロンが言った。

「シリウスは、トンクスの人生の半分ぐらいの間アズカバンにいたし、それ以前だって、家族同士が会ったこともなかったし――」

「それは関係ないわ」ハーマイオニーが言った。

「トンクスは、シリウスが死んだのは自分のせいだと思ってるの！」

「どうしてそんなふうに思うんだ？」ハリーは我を忘れて聞いてしまった。

「だって、トンクスはベラトリックス・レストレンジと戦っていたでしょう？　自分がとどめを刺してさえいたら、ベラトリックスがシリウスを殺すことはできなかっただろうって、そう感じていると思う」

「ばかげてるよ」ロンが言った。

「生き残った者の罪悪感よ」ハーマイオニーが言った。

「ルーピンが説得しようとしているのは知っているけど、トンクスはすっかり落ち込んだきりなの。実際、『変化術』にも問題が出てきているわ！」

「何術だって――？」

「今までのように姿形を変えることができないの」

ハーマイオニーが説明した。

「ショックか何かで、トンクスの能力に変調をきたしたんだと思うわ」

「そんなことが起こるとは知らなかった」ハリーが言った。

「私も」ハーマイオニーが言った。

「でもきっと、ほんとうにめいっていると……」

ドアが再び開いて、ウィーズリーおばさんの顔が飛び出した。

「ジニー」おばさんがささやいた。「下りてきて、昼食の準備を手伝って」

「私、この人たちと話をしてるのよ！」ジニーが怒った。

「すぐによ！」おばさんはそう言うなり顔を引っ込めた。

「ヌラーと二人きりにならなくてすむように、私に来てほしいだけなのよ！」

ジニーが不機嫌に言った。長い赤毛を見事にフラーそっくりに振って、両腕をバレリーナのように高く上げ、ジニーは踊るように部屋を出ていった。

「君たちも早く下りてきたほうがいいよ」部屋を出しなにジニーが言った。

つかの間の静けさに乗じて、ハリーはまた朝食を食べた。ハーマイオニーは、フレッドとジョージの段ボール箱をのぞいていたが、ときどきハリーを横目で見た。ロンは、ハリーのトーストを勝手につまみはじめたが、まだ夢見るような目でドアを見つめていた。

「これ、なあに？」

しばらくしてハーマイオニーが、小さな望遠鏡のような物を取り出して聞いた。

「さあ」ロンが答えた。

「でも、フレッドとジョージがここに残していったぐらいだから、たぶん、まだいたずら専門店に出すには早過ぎるんだろ。だから、気をつけろよ」

「君のママが、店は流行ってるって言ってたけど」ハリーが言った。

「フレッドとジョージはほんとに商才があるって言ってた」

「それじゃ言い足りないぜ」ロンが言った。

「ガリオン金貨をざっくざくかき集めてるよ。早く店が見たいな。僕たち、まだダイアゴン横丁に行ってないんだ。だってママが、用心には用心して、パパが一緒じゃないとだめだって言うんだよ。ところがパパは、仕事でほんとに忙しくて。でも、店はすごいみたいだぜ」

「それで、パーシーは？」

ハリーが聞いた。ウィーズリー家の三男は、家族と仲たがいしていた。

「君のママやパパと、また口をきくようになったのかい?」

「いゝや」ロンが言った。

「だって、ヴォルデモートが戻ってきたことでは、はじめから君のパパが正しかったたって、パーシーにもわかったはずだし――」

「ダンブルドアがおっしゃったわ。他人の正しさを許すより、まちがいを許すほうがずっとたやすい」ハーマイオニーが言った。

「ダンブルドアがね、ロン、あなたのママにそうおっしゃるのを聞いたの」

「ダンブルドアが言いそうな、へんてこりんな言葉だな」ロンが言った。

「ダンブルドアって言えば、今学期、僕に個人教授してくれるんだってさ」

ハリーがなにげなく言った。

ロンはトーストにむせ、ハーマイオニーは息をのんだ。

「そんなことをだまってたなんて!」ロンが言った。

「今思い出しただけだよ」ハリーは正直に言った。

「ここの箒小屋で、今朝そう言われたんだ」

「おったまげー……ダンブルドアの個人教授！」ロンは感心したように言った。

「ダンブルドアはどうしてまた……？」

ロンの声が先細りになった。ハーマイオニーと目を見交わすのを、ハリーは見た。ハリーはフォークとナイフを置いた。ベッドに座っているだけにしては、ハリーの心臓の鼓動がやけに速くなった。ダンブルドアがそうするようにと言った……今こそその時ではないか？　ハリーは、ひざの上に流れ込む陽の光に輝いているフォークをじっと見つめたまま、切り出した。

「ダンブルドアがどうして僕に個人教授してくれるのか、はっきりとはわからない。でも、予言のせいにちがいないと思う」

ロンもハーマイオニーもだまったままだった。ハリーは、二人とも凍りついたのではないかと思った。ハリーは、フォークに向かって話し続けた。

「ほら、魔法省で連中が盗もうとしたあの予言だ」

「でも、予言の中身は誰も知らないわ」ハーマイオニーが急いで言った。

「砕けてしまったもの」

「ただ、『日刊予言者』に書いてあったのは――」

ロンが言いかけたが、ハーマイオニーが「シーッ」と制した。

「『日刊予言者』にあったとおりなんだ」

ハリーは意を決して二人を見上げた。ハーマイオニーは恐れ、ロンは驚いているようだった。

「砕けたガラス玉だけが予言を記録していたのではなかった。ダンブルドアの校長室で、僕は予言の全部を聞いた。本物の予言はダンブルドアに告げられていたから、僕に話して聞かせることができたんだ。その予言によれば」

ハリーは深く息を吸い込んだ。

「ヴォルデモートにとどめを刺さなければならないのは、どうやらこの僕らしい……少なくとも、予言によれば、二人のどちらかが生きているかぎり、もう一人は生き残れない」

三人は、一瞬、互いにだまって見つめ合った。その時、バーンという大音響とともに、ハーマイオニーが黒煙の陰に消えた。

「ハーマイオニー！」

ハリーもロンも同時に叫んだ。朝食の盆がガチャンと床に落ちた。

煙の中から、ハーマイオニーが咳き込みながら現れた。望遠鏡を握り、片方の目に鮮やかな紫のくまどりがついている。

「これを握りしめたの。そしたらこれ――これ、私にパンチを食らわせたの」

ハーマイオニーがあえいだ。

たしかに、望遠鏡の先からバネつきの小さな拳が飛び出しているのが見えた。

「大丈夫さ」

ロンは笑い出さないようにしようと必死になっていた。

「ママが治してくれるよ。軽いけがならお手のもん――」

「ああ、でもそんなこと、今はどうでもいいわ！」

ハーマイオニーが急き込んだ。

「ハリー、ああ、ハリー……」

ハーマイオニーは再びハリーのベッドに腰かけた。

「私たち、いろいろと心配していたの。魔法省から戻ったあと……もちろん、あなたには何も言いたくなかったんだけど、でも、ルシウス・マルフォイが、予言はあなたとヴォルデモートに関わることだって言ってたものだから、それで、もしかしたらこんなことじゃないかって、私たちそう思っていたの……ああ、ハリー……」

ハーマイオニーはハリーをじっと見た。そしてささやくように言った。

「怖い？」

「今はそれほどでもない」ハリーが言った。「最初に聞いたときは、たしかに……でも今は、何だかずっと知っていたような気がする。最後にはあいつと対決しなければならないことを……」

「ダンブルドア自身が君を迎えにいくって聞いたとき、僕たち、君に予言に関わることを何か話すんじゃないか、何かを見せるんじゃないかって思ったんだ」

ロンが夢中になって話した。

「僕たち、少しは当たってただろ？　君に見込みがないと思ったら、ダンブルドアは個人教授なんかしないよ。時間のむだ使いなんか――ダンブルドアはきっと、君に勝ち目があると思っているんだ！」

「そうよ」ハーマイオニーが言った。

「ハリー、いったいあなたに何を教えるのかしら？　とっても高度な防衛術かも……強力な反対呪文……呪い崩し……」

ハリーは聞いていなかった。太陽の光とはまったく関係なく、体中に温かいものが広がっていた。胸の硬いしこりが溶けていくようだった。ロンもハーマイオニーも、見かけよりずっと強いショックを受けているにちがいない。しかし、二人は今もハリーの両脇にいる。ハリーを汚染された危険人物扱いして尻込みしたりせず、なぐさめ、力づけてくれている。ただそれだけで、ハリーにとっては言葉に言い尽くせないほどの大きな価値があった。

「……それに回避呪文全般とか」ハーマイオニーが言い終えた。

「まあ、少なくともあなたは、今学期履修する科目が一つだけはっきりわかっているわけだから、ロンや私よりましだわ。O・W・Lテストの結果は、いつ来るのかしら？」

「そろそろ来るさ。もう一か月もたってる」ロンが言った。

「そう言えば」

ハリーは今朝の会話をもう一つ思い出した。

「ダンブルドアが、O・W・Lの結果は、今日届くだろうって言ってたみたいだ！」

「今日？」

ハーマイオニーが叫び声を上げた。

「今日？　なんでそれを――ああ、どうしましょう――あなた、それをもっと早く――」

ハーマイオニーがはじかれたように立ち上がった。

「ふくろうが来てないかどうか、たしかめてくる……」

十分後、ハリーが服を着て、空の盆を手に階下に下りていくと、ハーマイオニーはじりじり心配しながら台所のテーブルの前にかけ、ウィーズリーおばさんは、半パンダになったハーマイオニーの顔を何とかしようとしていた。

「どうやっても取れないわ」

ウィーズリーおばさんが心配そうに言った。おばさんはハーマイオニーのそばに立ち、片手に杖を持ち、もう片方には『癒者のいろは』を持って、「切り傷、すり傷、打撲傷」のページを開けていた。

「いつもはこれでうまくいくのに。まったくどうしたのかしら」

「フレッドとジョージの考えそうな冗談よ。絶対に取れなくしたんだ」ジニーが言った。

「でも取れてくれなきゃ！」

ハーマイオニーが金切り声を上げた。

「一生こんな顔で過ごすわけにはいかないわ！」

「そうはなりませんよ。解毒剤を見つけますから、心配しないで」

ウィーズリーおばさんがなぐさめた。

「ビルが、フレッドとジョージがどんなにおもしろいか、あ・なしてくれまーした！」

フラーが、落ち着きはらってほほ笑んだ。

「ええ、私、笑い過ぎて息もできないわ」ハーマイオニーがかみついた。

ハーマイオニーは急に立ち上がり、両手を握り合わせて指をひねりながら、台所を往ったり来たりしはじめた。

「ウィーズリーおばさん、ほんとに、ほんとに、午前中にふくろうが来なかった？」

「来ませんよ。来たら気づくはずですもの」

おばさんが辛抱強く言った。

「でもまだ九時にもなっていないのですからね、時間は充分……」

「『古代ルーン文字学』はめちゃめちゃだったわ」

ハーマイオニーが熱に浮かされたようにつぶやいた。

「少なくとも一つ重大な誤訳をしたのはまちがいないの。それに『闇の魔術に対する防衛術』の実技は全然よくなかったし。『変身術』は、あの時は大丈夫だと思ったけど、今考えると──」

「ハーマイオニー、だまれよ。心配なのは君だけじゃないんだぜ！」

ロンが大声を上げた。

「それに、君のほうは、大いによろしいの『O・優』を十科目も取ったりして……」

「言わないで！　言わないで！　言わないで！」

ハーマイオニーはヒステリー気味に両手をバタバタ振った。

「きっと全科目落ちたわ！」

「落ちたらどうなるのかな？」

ハリーは部屋のみんなに質問したのだが、答えはいつものようにハーマイオニーから返ってきた。

「寮監に、どういう選択肢があるかを相談するの。先学期の終わりに、マクゴナガル先生にお聞きしたわ」

ハリーの内臓がのたうった。あんなに朝食を食べなければよかったと思った。

「ボーバトンでは」フラーが満足げに言った。「やり方がちがいまーすね。私、そのおおがいいと思いまーす。試験は六年間勉強してからで、五年ではないでーす。それから――」

フラーの言葉は悲鳴にのみ込まれた。ハーマイオニーが台所の窓を指差していた。空に、はっきりと黒い点が三つ見え、だんだん近づいてきた。

「まちがいなく、あれはふくろうだ」

勢いよく立ち上がって、窓際のハーマイオニーのそばに行ったロンが、かすれ声で言った。

「それに三羽だ」

ハリーも急いでハーマイオニーのそばに行き、ロンの反対側に立った。

「私たちそれぞれに一羽」

ハーマイオニーは恐ろしげに小さな声で言った。

「ああ、だめ……ああ、だめ……ああ、だめ……」

ハーマイオニーは、ハリーとロンの片ひじをがっちり握った。

ふくろうはまっすぐ「隠れ穴」に飛んできた。きりりとしたモリフクロウが三羽、家への小道の上をだんだん低く飛んでくる。近づくとますますはっきりしてきたが、それぞれが大きな四角い封筒を運んでいる。

「ああ、だめー！」

ハーマイオニーが悲鳴を上げた。

ウィーズリーおばさんが三人を押し分けて、台所の窓を開けた。一羽、二羽、三羽と、ふくろうが窓から飛び込み、テーブルの上にきちんと列を作って降り立った。三羽そろって右足を上げた。

ハリーが進み出た。ハリー宛の手紙はまん中のふくろうの足に結わえつけてあった。震える指でハリーはそれをほどいた。その左で、ロンが自分の成績をはずそうとしていた。ハリーの右側で、ハーマイオニーはあまりに手が震えて、ふくろうを丸ごと震えさせていた。台所では誰も口をきかなかった。ハリーはやっと封筒をはずし、急いで封を切り、中の羊皮紙を広げた。

普通魔法レベル成績

合格
優・O（大いによろしい）
良・E（期待以上）
可・A（まあまあ）

不合格
不可・P（よくない）
落第・D（どん底）
トロール並み・T

ハリー・ジェームズ・ポッターは次の成績を修めた。

天文学	可	A	薬草学	良	E
魔法生物飼育学	良	E	魔法史	落第	D
呪文学	良	E	魔法薬学	良	E
闇の魔術に対する防衛術	優	O	変身術	良	E
占い学	不可	P			

ハリーは羊皮紙を数回読み、読むたびに息が楽になった。大丈夫だ。「占い学」は失敗すると、はじめからわかっていたし、試験の途中で倒れたのだから、「魔法史」に合格するはずはなかった。しかしほかは全部合格だ！　ハリーは評価点を指でたどった……「変身術」と「薬草学」はいい成績で通ったし、「魔法薬学」でさえ「期待以上」の良だ！　それに、「闇の魔術に対する防衛術」で「O・優」を修めた。最高だ！

ハリーは周りを見た。ハーマイオニーはハリーに背を向けてうなだれているが、ロンは喜んでいた。

「『占い学』と『魔法史』だけ落ちたけど、あんなもの、誰か気にするか？」

ロンはハリーに向かって満足そうに言った。

「ほら――替えっこだ――」

ハリーはざっとロンの成績を見た。「O・優」は一つもない……。

「君が『闇の魔術に対する防衛術』でトップなのは、わかってたさ」

ロンはハリーの肩にパンチをかました。

「俺たち、よくやったよな？」

「よくやったわ！」

ウィーズリーおばさんは誇らしげにロンの髪をくしゃくしゃっとなでた。

「7O・W・Lだなんて、フレッドとジョージを合わせたより多いわ！」

「ハーマイオニー？」

まだ背を向けたままのハーマイオニーに、ジニーが恐る恐る声をかけた。

「どうだったの？」

「私――悪くないわ」ハーマイオニーがか細い声で言った。

「冗談やめろよ」

ロンがツカツカとハーマイオニーに近づき、成績表を手からサッともぎ取った。

「それ見ろ――『O・優』が九個、『E・良』が一個、『闇の魔術に対する防衛術』だ」

ロンは半分おもしろそうに、半分あきれてハーマイオニーを見下ろした。

「君、まさか、がっかりしてるんじゃないだろうな？」

ハーマイオニーが首を横に振ったが、ハリーは笑いだした。

「さあ、我らは今やN・E・W・T学生だ！」ロンがニヤリと笑った。

「ママ、ソーセージ残ってない？」

ハリーは、もう一度自分の成績を見下ろした。これ以上望めないほどのよい成績だ。一つだけ、後悔に小さく胸が痛む……闇祓いになる野心はこれでおしまいだった。「魔法薬学」で必要な成績を取ることができなかった。できないことははじめからわかっていたが、それでも、あらためて小さな黒い「E・良」の文字を見ると、胃が落ち込むのを感じた。

ハリーはいい闇祓いになるだろうと、最初に言ってくれたのが、変身した死喰い人だったことを考えるとても奇妙だったが、なぜかその考えが今までハリーをとらえてきた。それ以外になりたいものを思いつかなかった。しかも、一か月前に予言を聞いてからは、それがハリーにとってしかるべき運命のように思えていた。

……一方が生きるかぎり、他方は生きられぬ……。

ヴォルデモートを探し出して殺す使命を帯びた、高度に訓練を受けた魔法使いの仲間になれたなら、予言を成就し、自分が生き残る最大のチャンスが得られたのではないだろうか？

第6章 ドラコ・マルフォイの回り道

それから数週間、ハリーは「隠れ穴」の庭の境界線の中だけで暮らした。毎日の大半をウィーズリー家の果樹園で、二人制クィディッチをして過ごした。ハリーがハーマイオニーと組み、ロン・ジニー組との対戦だ。ハーマイオニーは恐ろしく下手で、ジニーは手ごわかったので、いい勝負だった。そして夜になると、ウィーズリーおばさんが出してくれる料理を、全部二回おかわりした。

「日刊予言者新聞」には、ほぼ毎日のように、失踪事件や奇妙な事故、その上死亡事件も報道されていたが、それさえなければ、こんなに幸せで平和な休日はなかっただろう。ビルとウィーズリーおじさんが、ときどき新聞より早くニュースを持ち帰ることもあった。

ハリーの十六歳の誕生パーティには、リーマス・ルーピンが身の毛もよだつ知らせを持ち込み、誕生祝いがだいなしになって、ウィーズリーおばさんは不機嫌だった。ルーピンはげっそりやつれた深刻な顔つきで、鳶色の髪には無数の白髪がまじり、着ているものは以前にもましてぼろぼろで、継ぎだらけだった。

「吸魂鬼の襲撃事件がまた数件あった」

おばさんにバースデーケーキの大きな一切れを取り分けてもらいながら、リーマス・ルーピンが切り出した。

「それに、イゴール・カルカロフの死体が、北のほうの掘っ建て小屋で見つかった。その上に闇の印が上がっていたよ――まあ、正直なところ、あいつが死喰い人から脱走して、一年も生きながらえたことのほうが驚きだがね。シリウスの弟のレギュラスなど、私が覚えているかぎりでは、数日しかもたなかった」

「ええ、でも」ウィーズリーおばさんが顔をしかめた。

「何か別なことを話したほうが――」

「フローリアン・フォーテスキューのことを聞きましたか？」

隣のフラーに、せっせとワインを注いでもらいながら、ビルが問いかけた。

「あの店は――」

「――ダイアゴン横丁のアイスクリームの店？」

ハリーはみずおちに穴が開いたような気持ちの悪さを感じながら口を挟んだ。

「僕に、いつもただでアイスクリームをくれた人だ。あの人に何かあったんですか？」

「拉致された。現場の様子では」

「どうして？」

ロンが聞いた。ウィーズリーおばさんは、ビルをはたとにらみつけていた。

「さあね。何か連中の気に入らないことをしたんだろう。フローリアンは気のいいやつだったのに」

「ダイアゴン横丁といえば」

ウィーズリーおじさんが話しだした。

「オリバンダーもいなくなったようだ」

「杖作りの？」ジニーが驚いて聞いた。

「そうなんだ。店がからっぽでね。争った跡がない。自分で出ていったのか誘拐されたのか、誰にもわからない」

「でも、杖は――杖が欲しい人はどうなるの？」

「ほかのメーカーで間に合わせるだろう」ルーピンが言った。

「しかし、オリバンダーは最高だった。もし敵がオリバンダーを手中にしたとなると、我々にとってはあまり好ましくない状況だ」

この、かなり暗い誕生祝い夕食会の次の日、ホグワーツからの手紙と教科書のリストが届いた。ハリーへの手紙にはびっくりすることがふくまれていた。クィディッチのキャプテンになったのだ。

「これであなたは、監督生と同じ待遇よ！」ハーマイオニーがうれしそうに叫んだ。

「私たちと同じ特別なバスルームが使えるとか」

「ワーォ、チャーリーがこんなのをつけてたこと、覚えてるよ」

ロンが大喜びでバッジを眺め回した。

「ハリー、かっこいいぜ。君は僕のキャプテンだ――また僕をチームに入れてくれればの話だけど、ハハハ……」

「さあ、これが届いたからには、ダイアゴン横丁行きをあんまり先延ばしにはできないでしょうね」

ロンの教科書リストに目を通しながら、ウィーズリーおばさんがため息をついた。

「土曜に出かけましょう。お父さまがまた仕事にお出かけになる必要がなければだけど。お父さましでは、私はあそこへ行きませんよ」

「ママ、『例のあの人』がフローリシュ・アンド・ブロッツ書店の本棚の陰に隠れてるなんて、マジ、そう思ってるの？」ロンが鼻先で笑った。

「フォーテスキューもオリバンダーも、休暇で出かけたわけじゃないでしょ？」

おばさんがたちまち燃え上がった。

「安全措置なんて笑止千万だと思うんでしたら、ここに残りなさい。私があなたの買い物を――」

「だめだよ。僕、行きたい。フレッドとジョージの店が見たいよ！」ロンがあわてて言った。

「それなら、坊ちゃん、態度に気をつけることね。一緒に連れていくには幼な過ぎるって、私に思われないように！」

おばさんはプリプリしながら柱時計を引っつかみ、洗濯したばかりのタオルの山の上に、バランスを取ってのっけた。九本の針が全部、「命が危ない」を指し続けていた。

「それに、ホグワーツに戻るときも、同じことですからね！」

危なっかしげに揺れる時計をのせた洗濯物かごを両腕に抱え、母親が荒々しく部屋を出ていくのを見届け、ロンは信じられないという顔でハリーを見た。

「おっどろきー……もうここじゃ冗談も言えないのかよ……」

それでもロンは、それから数日というもの、ヴォルデモートに関する軽口をたたかないように気をつけた。それ以後はウィーズリー夫人のかんしゃく玉が破裂することもなく、土曜日の朝が明けた。だが、朝食のとき、おばさんはとてもピリピリしているように見えた。ビルはフラーと一緒に家に残ることになっていたが（ハーマイオニーとジニーは大喜びだった）、テーブルのむかい側から、ぎっしり詰まった巾着をハリーに渡した。

「僕のは？」ロンが目を見張って、すぐさま尋ねた。

「バーカ、これはもともとハリーの物だ」ビルが言った。

「ハリー、君の金庫から出してきておいたよ。何しろこのごろは、金を下ろそうとすると、一般の客なら五時間はかかる。小鬼がそれだけ警戒措置を厳しくしているんだよ。二日前も、アーキー・フィルポットが『潔白検査棒』を突っ込まれて……まあ、とにかく、こうするほうが簡単なんだから」

「ありがとう、ビル」ハリーは礼を言って巾着をポケットに入れた。

「このいとはいつも思いやりがありまーす」

フラーはビルの鼻をなでながら、うっとりとやさしい声で言った。ジニーがフラーの陰で、コーンフレークの皿に吐くまねをした。ハリーはコーンフレークにむせ、ロンがその背中をトントンとたたいた。

どんより曇った陰気な日だった。マントを引っかけながら家を出ると、以前に一度乗ったことのある魔法省の特別車が一台、前の庭でみんなを待っていた。

「パパが、またこんなのに乗れるようにしてくれて、よかったなぁ」

ロンが、車の中で悠々と手足を伸ばしながら感謝した。台所の窓から手を振るビルとフラーに見送られ、車はすべるように「隠れ穴」を離れた。ロン、ハリー、ハーマイオニー、ジニーの全員が、広い後部座席にゆったりと心地よく座った。

「慣れっこになってはいけないよ。これはただハリーのためなんだから」

ウィーズリーおじさんが振り返って言った。おじさんとおばさんは前の助手席に魔法省の運転手と一緒に座っていた。そこは必要に応じて、ちゃんと二人がけのソファのような形に引き伸ばされていた。

「ハリーには、第一級セキュリティの資格が与えられている。それに、『もれ鍋』でも追加の警護員が待っている」

ハリーは何も言わなかったが、闇祓いの大部隊に囲まれて買い物をするのは、気が進まなかった。「透明マント」をバックパックに詰め込んできていたし、ダンブルドアがそれで充分だと考えたのだから、魔法省にだってそれで充分なはずだと思った。ただし、あらためて考えてみると、魔法省がハリーの「マント」のことを知っているかどうかは、定かではない。

「さあ、着きました」

驚くほど短時間しかたっていなかったが、運転手がその時初めて口をきいた。車はチャリング・クロス通りで速度を落とし、「もれ鍋」の前で停まった。

「ここでみなさんを待ちます。だいたいどのくらいかかりますか？」

「一、二時間だろう」ウィーズリーおじさんが答えた。

「ああ、よかった。もう来ている！」

おじさんをまねて車の窓から外をのぞいたハリーは、心臓が小躍りした。パブ「もれ鍋」の外には、闇祓いたちではなく、巨大な黒ひげの姿が待っていた。ホグワーツの森番、ルビウス・ハグリッドだ。長いビーバー皮のコートを着て、ハリーを見つけると、通りすがりのマグルたちがびっくり仰天して見つめるのもおかまいなしに、ニッコリと笑いかけた。

「ハリー！」

大音声で呼びかけ、ハリーが車から降りたとたん、ハグリッドは骨も砕けそうな力で抱きしめた。

「バックビーク――いや、ウィザウィングズだ――ハリー、あいつの喜びようをおまえさんに見せてやりてえ。また戸外に出られて、あいつはうれしくてしょうがねえんだ――」

「それなら僕もうれしいよ」

ハリーはろっ骨をさすりながらニヤッとした。

「『警護員』がハグリッドのことだって、僕たち知らなかった！」

「ウン、ウン。まるで昔に戻ったみてえじゃねえか？　あのな、魔法省は闇祓いをごっそり送り込もうとしたんだが、ダンブルドアが俺ひとりで大丈夫だって言いなすった」

ハグリッドは両手の親指を胸ポケットに突っ込んで、誇らしげに胸を張った。

「そんじゃ、行こうか――モリー、アーサー、どうぞお先に――」

「もれ鍋」はものの見事にからっぽだった。ハリーの知るかぎりこんなことは初めてだ。昔はあれほど混んでいたのに、歯抜けでしなびた亭主のトムしか残っていない。中に入ると、トムが期待顔で一行を見たが、口を開く前にハグリッドがもったいぶって言った。

「今日は通り抜けるだけだが、トム、わかってくれ。なんせ、ホグワーツの仕事だ」

トムは陰気にうなずき、またグラスを磨きはじめた。ハリー、ハーマイオニー、ハグリッド、それにウィーズリー一家は、パブを通り抜けて肌寒い小さな裏庭に出た。ごみバケツがいくつか置いてある。ハグリッドはピンクの傘を上げて、壁のれんがの一つを軽くたたいた。たちまち壁がアーチ型に開き、その向こうに曲がりくねった石畳の道が延びていた。一行は入口をくぐり、立ち止まってあたりを見回した。

ダイアゴン横丁は様変わりしていた。キラキラと色鮮やかに飾りつけられたショーウィンドウの、呪文の本も魔法薬の材料も大鍋も、その上に貼りつけられた魔法省の大ポスターに覆われて見えない。くすんだ紫色のポスターのほとんどは、夏の間に配布された魔法省パンフレットに書かれていた、保安上の注意事項を拡大したものだったが、中にはまだ捕まっていない「死喰い人」の、動くモノクロ写真もあった。一番近くの薬問屋の店先で、ベラトリックス・レストレンジがニヤニヤ笑っている。

窓に板が打ちつけられている店もあり、「フローリアン・フォーテスキュー」のアイスクリーム・パーラーもその一つだった。一方、通り一帯にみすぼらしい屋台があちこち出現していた。一番近い屋台は「フローリシュ・アンド・ブロッツ」の前にしつらえられ、しみだらけのしまの日よけをかけた店の前には、段ボールの看板がとめてあった。

護符

狼人間、吸魂鬼、亡者に有効

あやしげな風体の小柄な魔法使いが、チェーンに銀の符牒をつけた物を腕いっぱい抱えて、通行人に向かってジャラジャラ鳴らしていた。

「奥さん、お嬢ちゃんにお一ついかが？」

一行が通りかかると、売り子はジニーを横目で見ながらウィーズリー夫人に呼びかけた。

「お嬢ちゃんのかわいい首を護りませんか？」

「私が仕事中なら……」

ウィーズリーおじさんが護符売りを怒ったようににらみつけながら言った。

「そうね。でも今は誰も逮捕したりなさらないで。急いでいるんですから」

おばさんは落ち着かない様子で買い物リストを調べながら言った。

「『マダム・マルキン』のお店に最初に行ったほうがいいわ。ハーマイオニーは新しいドレスローブを買いたいし、ロンは学校用のローブからくるぶしが丸見えですもの。それに、ハリー、あなたも新しいのがいるわね。とっても背が伸びたわ――さ、みんな――」

「モリー、全員が『マダム・マルキン』の店に行くのはあまり意味がない」ウィーズリーおじさんが言った。「その三人はハグリッドと一緒に行って、我々は『フローリシュ・アンド・ブロッツ』でみんなの教科書を買ってはどうかね？」

「さあ、どうかしら」

おばさんが不安そうに言った。買い物を早くすませたい気持ちと、一塊になっていたい気持ちとの間で迷っているのが明らかだった。

「ハグリッド、あなたはどう思――？」

「気ぃもむな。モリー、こいつらは俺と一緒で大丈夫だ」

ハグリッドが、ごみバケツのふたほど大きい手を気軽に振って、なだめるように言った。おばさんは完全に納得したようには見えなかったが、二手に分かれることを承知して、夫とジニーと一緒に「フローリシュ・アンド・ブロッツ」にそそくさと走っていった。ハリー、ロン、ハーマイオニーは、ハグリッドと一緒に「マダム・マルキン」に向かった。

通行人の多くが、ウィーズリーおばさんと同じようにせっぱ詰まった心配そうな顔でそばを通り過ぎていくのに、ハリーは気づいた。もう立ち話をしている人もいない。買い物客は、それぞれしっかり自分たちだけで固まって、必要なことだけに集中して動いていた。一人で買い物をしている人は誰もいない。

「俺たち全部が入ったら、ちいときついかもしれん」

ハグリッドはマダム・マルキンの店の外で立ち止まり、体を折り曲げて窓からのぞきながら言った。

「俺は外で見張ろう。ええか？」

そこで、ハリー、ロン、ハーマイオニーは一緒に小さな店内に入った。最初見たときは誰もいないように見えたが、ドアが背後で閉まったとたん、緑と青のスパンコールのついたドレスローブがかけてあるローブかけのむこう側から、聞き覚えのある声が聞こえてきた。

「……お気づきでしょうが、母上、もう子供じゃないんだ。僕はちゃんとひとりで買い物できます」

チッチッと舌打ちする音と、マダム・マルキンだとわかる声が聞こえた。

「あのね、坊ちゃん、あなたのお母様のおっしゃるとおりですよ。もう誰も、一人でふらふら歩いちゃいけないわ。子供かどうかとは関係なく――」

「そのピン、ちゃんと見て打つんだ！」

青白い、あごのとがった顔にプラチナ・ブロンドの十代の青年が、ローブかけの後ろから現れた。すそとそで口とに何本ものピンを光らせて、深緑の端正なひとそろいを着ている。青年は鏡の前に大股で歩いていき、自分の姿をたしかめていたが、やがて、肩越しにハリー、ロン、ハーマイオニーの姿が映っているのに気づいた。青年は薄いグレーの目を細くした。

「母上、何が臭いのかいぶかっておいでしたら、たった今、『穢れた血』が入ってきましたよ」ドラコ・マルフォイが言った。

「そんな言葉は使ってほしくありませんね！」

ローブかけの後ろから、マダム・マルキンが巻き尺と杖を手に急ぎ足で現れた。

「それに、私の店で杖を引っ張り出すのもお断りです！」

ドアのほうをちらりと見たマダム・マルキンが、あわててつけ加えた。そこにハリーとロンが、二人とも杖をかまえてマルフォイをねらっているのが見えたからだ。

ハーマイオニーは二人の少し後ろに立って、「やめて、ねえ、そんな価値はないわ……」とささやいていた。

「フン、学校の外で魔法を使う勇気なんかないくせに」マルフォイがせせら笑った。

「グレンジャー、目のあざは誰にやられた？　そいつらに花でも贈りたいよ」

「いいかげんになさい！」

マダム・マルキンは厳しい口調でそう言うと、振り返って加勢を求めた。

「奥様――どうか――」

ローブかけの陰から、ナルシッサ・マルフォイがゆっくりと現れた。

「それをおしまいなさい」

ナルシッサが、ハリーとロンに冷たく言った。

「私の息子をまた攻撃したりすれば、それがあなたたちの最後の仕業になるようにしてあげますよ」

「へーえ？」

ハリーは一歩進み出て、ナルシッサの落ち着きはらった高慢な顔をじっと見た。青ざめてはいても、その顔はやはり姉に似ている。ハリーはもう、ナルシッサと同じぐらいの背丈になっていた。

「仲間の死喰い人を何人か呼んで、僕たちを始末してしまおうというわけか？」

マダム・マルキンは悲鳴を上げて、心臓のあたりを押さえた。

「そんな、非難めいたことを――そんな危険なことを――杖をしまって。お願いだから！」

しかし、ハリーは杖を下ろさなかった。ナルシッサ・マルフォイは不快げな笑みを浮かべていた。

「ダンブルドアのお気に入りだと思って、どうやらまちがった安全感覚をお持ちのようね、ハリー・ポッター。でも、ダンブルドアがいつもそばであなたを護ってくれるわけじゃありませんよ」

ハリーは、からかうように店内を見回した。

「ウワー……どうだい……ダンブルドアは今ここにいないや！　それじゃ、ためしにやってみたらどうだい？　アズカバンに二人部屋を見つけてもらえるかもしれないよ。敗北者のご主人と一緒にね！」

マルフォイが怒って、ハリーにつかみかかろうとしたが、長過ぎるローブに足を取られてよろめいた。ロンが大声で笑った。

「母上に向かって、ポッター、よくもそんな口のきき方を！」マルフォイがすごんだ。

「ドラコ、いいのよ」

ナルシッサがほっそりした白い指をドラコの肩に置いて制した。

「私がルシウスと一緒になる前に、ポッターは愛するシリウスと一緒になることでしょう」

ハリーはさらに杖を上げた。

「ハリー、だめ！」

ハーマイオニーがうめき声を上げ、ハリーの腕を押さえて下ろさせようとした。

「落ち着いて……やってはだめよ……困ったことになるわ……」

マダム・マルキンは一瞬おろおろしていたが、何も起こらないほうに賭けて、何も起こっていないかのように振る舞おうと決めたようだった。マダム・マルキンは、まだハリーをにらみつけているマルフォイのほうに身をかがめた。

「この左そではもう少し短くしたほうがいいわね。ちょっとそのように——」

「痛い！」

マルフォイは大声を上げて、マダム・マルキンの手をたたいた。

「気をつけてピンを打つんだ！　母上——もうこんな物は欲しくありません——」

マルフォイはローブを引っぱって頭から脱ぎ、マダム・マルキンの足元にたたきつけた。

「そのとおりね、ドラコ」

ナルシッサは、ハーマイオニーを侮蔑的な目で見た。

「この店の客がどんなくずかわかった以上……『トウィルフィット・アンド・タッティング』の

店のほうがいいでしょう」

そう言うなり、二人は足音も荒く店を出ていった。マルフォイは出ていきざま、ロンにわざと思いきり強くぶつかった。

「ああ、まったく！」

マダム・マルキンは落ちたローブをサッと拾い上げ、杖で電気掃除機のように服をなぞってほこりを取った。

マダム・マルキンは、ロンとハリーの新しいローブの寸法直しをしている間、ずっと気もそぞろで、ハーマイオニーに魔女用のローブではなく男物のローブを売ろうとしたりした。最後におじぎをして三人を店から送り出したときは、やっと出ていってくれてうれしいという雰囲気だった。

「全部買ったか？」

三人が自分のそばに戻ってきたのを見て、ハグリッドがほがらかに聞いた。

「まあね」ハリーが言った。「マルフォイ親子を見かけた？」

「ああ」ハグリッドはのんきに言った。「だけんど、あいつら、まさかダイアゴン横丁のどまん中で面倒を起こしたりはせんだろう。ハリー、やつらのことは気にすんな」

ハリー、ロン、ハーマイオニーは顔を見合わせた。しかし、ハグリッドの安穏とした考えを正すことができないうちに、ウィーズリーおじさん、おばさんとジニーが、それぞれ重そうな本の包みをさげてやってきた。

「みんな大丈夫？」おばさんが言った。「ローブは買ったの？　それじゃ、薬問屋と『イーロップ』の店にちょっと寄って、それからフレッドとジョージのお店に行きましょう――離れないで、さあ……」

ハリーもロンも、もう魔法薬学を取らないことになるので、薬問屋では何も材料を買わなかったが、「イーロップのふくろう百貨店」では、ヘドウィグとピッグウィジョンのためにふくろうナッツの大箱をいくつも買った。その後、おばさんが一分ごとに時計をチェックする中、一行は、フレッドとジョージの経営するいたずら専門店、「ウィーズリー・ウィザード・ウィーズ」を探して、さらに歩いた。

「もうほんとに時間がないわ」おばさんが言った。

「だからちょっとだけ見て、それから車に戻るのよ。もうこのあたりのはずだわ。ここは九十二番地……九十四……」

「**ウワーッ**」ロンが道のまん中で立ち止まった。

ポスターで覆い隠されたさえない店頭が立ち並ぶ中で、フレッドとジョージのウィンドウは、花火大会のように目を奪った。たまたま通りがかった人も、振り返ってウィンドウを見ていたし、何人かは愕然とした顔で立ち止まり、その場にくぎづけになっていた。左側のウィンドウには目のくらむような商品の数々が、回ったり跳ねたり光ったり、はずんだり叫んだりしていた。見ているだけでハリーは目がチカチカしてきた。右側のウィンドウは巨大ポスターで覆われていて、色は魔法省のと同じ紫色だったが、黄色の文字が鮮やかに点滅していた。

「例のあの人」なんか、気にしてる場合か？

うーんと気になる新製品

「ウンのない人」

便秘のセンセーション　国民的センセーション！

ハリーは声を上げて笑った。そばで低いうめき声のようなものが聞こえたので振り向くと、ウィーズリーおばさんが、ポスターを見つめたまま声も出ない様子だった。おばさんの唇が動き、口の形で「ウンのない人」と読んでいた。

「あの子たち、きっとこのままじゃすまないわ！」おばさんがかすかな声で言った。

「そんなことないよ！」ハリーと同じく笑っていたロンが言った。「これ、すっげえ！」

ロンとハリーが先に立って店に入った。お客で満員だ。ハリーは商品棚に近づくこともできなかった。目を凝らして見回すと、天井まで積み上げられた箱が見え、そこには双子が先学期、中退する前に完成した「ずる休みスナックボックス」が山積みされていた。「鼻血ヌルヌル・ヌガー」が一番人気の商品らしく、棚にはつぶれた箱一箱しか残っていない。「だまし杖」がぎっしり詰まった容器もある。一番安い杖は、振るとゴム製の鶏かパンツに変わるだけだが、一番高い杖は、油断していると持ち主の頭や首をたたく。羽根ペンの箱を見ると、「自動インク」、「つづりチェック」、「さえた解答」などの種類があった。

人混みの間にすきまができたので、押し分けてカウンターに近づいてみると、そこには就学前の十歳児たちがわいわい集まって、木製のミニチュア人形が、本物の絞首台に向かってゆっくり階段を上っていくのを見ていた。その下に置かれた箱にはこう書いてある。

「何度も使えるハングマン首つりつづり遊び――つづらないとつるすぞ！」

やっと人混みをかき分けてやってきたハーマイオニーが、カウンターのそばにある大きなディスプレーを眺めて、商品の箱の裏に書かれた説明書きを読んでいた。『特許・白昼夢呪文』

……」箱には、海賊船の甲板に立っているハンサムな若者とうっとりした顔の若い女性の絵が、ど派手な色で描かれていた。

簡単な呪文で、現実味のある最高級の夢の世界へ三十分。平均的授業時間に楽々フィット。ほとんど気づかれません（副作用として、ボーっとした表情と軽いよだれあり）。十六歳未満お断り。


「あのね」ハーマイオニーが、ハリーを見て言った。

「これ、ほんとうにすばらしい魔法だわ！」

「よくぞ言った、ハーマイオニー」二人の背後で声がした。「その言葉に一箱無料進呈だ」フレッドが、ニッコリ笑って二人の前に立っていた。赤紫色のローブが、燃えるような赤毛と見事に反発し合っている。

「ハリー、元気か？」二人は握手した。

「それで、ハーマイオニー、その目はどうした？」

「あなたのパンチ望遠鏡よ」ハーマイオニーが無念そうに言った。

「あ、いっけねー、あれのこと忘れてた」フレッドが言った。「ほら――」

フレッドはポケットから丸い容器を取り出して、ハーマイオニーに渡した。ハーマイオニーが用心深くネジぶたを開けると、中にどろりとした黄色の軟膏があった。

「軽く塗っとけよ。一時間以内にあざが消える」フレッドが言った。

「俺たちの商品はだいたい自分たちが実験台になってるんだ。ちゃんとしたあざ消しを開発しなきゃならなかったんでね」

ハーマイオニーは不安そうだった。

「これ、安全、なんでしょうね？」

「太鼓判さ」フレッドが元気づけるように言った。

「ハリー、来いよ。案内するから」

軟膏を目の周りに塗りつけているハーマイオニーを残し、ハリーはフレッドについて店の奥に入った。そこには手品用のトランプやロープのスタンドがあった。

「マグルの手品だ！」

フレッドが指差しながらうれしそうに言った。

「親父みたいな、ほら、マグル好きの変人用さ。もうけはそれほど大きくないけど、かなりの安定商品だ。めずらしさが大受けでね……ああ、ジョージだ……」

フレッドの双子の相方が、元気いっぱいハリーと握手した。

「案内か？　奥に来いよ、ハリー。俺たちのもうけ商品ラインがある――万引きは、君、ガリオン金貨より高くつくぞ！」

ジョージが小さな少年に向かって警告すると、少年はすばやく手を引っ込めた。手を突っ込んでいた容器には、

食べられる闇の印――食べると誰でも吐き気がします！

というラベルが貼ってあった。

ジョージがマグル手品商品の脇のカーテンを引くと、そこには表より暗く、あまり混んでいない売り場があって、商品棚には地味なパッケージが並んでいた。

「最近、このまじめ路線を開発したばかりだ」フレッドが言った。「奇妙な経緯だな……」

「まともな『盾の呪文』一つできないやつが、驚くほど多いんだ。魔法省で働いている連中もだぜ」ジョージが言った。「そりゃ、ハリー、君に教えてもらわなかった連中だけどね」

「そうだとも……まあ、『盾の帽子』はちょいと笑えると、俺たちはそう思ってた。こいつをかぶってから、呪文をかけてみろって、誰かをけしかける。そしてその呪文が、かけたやつに跳ね返るときのそいつの顔を見るってわけさ。ところが魔法省は、補助職員全員のためにこいつを五百個も注文したんだぜ！　しかもまだ大量注文が入ってくる！」

「そこで俺たちは商品群を広げた。『盾のマント』、『盾の手袋』……」

「……そりゃ、『許されざる呪文』に対してはあんまり役には立たないけど、小から中程度の呪いや呪詛に関しては……」

「それから俺たちは考えた。『闇の魔術に対する防衛術』全般をやってみようとね。何しろ金のなる木だ」

ジョージは熱心に話し続けた。

「こいつはいけるぜ。ほら、『インスタント煙幕』。ペルーから輸入してる。急いで逃げるときに便利なんだ」

「それに『おとり爆弾』なんか、棚に並べたとたん、足が生えたような売れ行きだ。ほら」

フレッドはへんてこりんな黒いラッパのような物を指差した。ほんとうにこそこそ隠れようとしている。

「こいつをこっそり落とすと、逃げていって、見えない所で景気よく一発音を出してくれる。注意をそらす必要があるときにいい」

「便利だ」ハリーは感心した。

「取っとけよ」ジョージが一、二個捕まえてハリーに放ってよこした。

短いブロンドの若い魔女がカーテンの向こうから首を出した。同じ赤紫のユニフォームを着ているのに、ハリーは気づいた。

「ミスター・ウィーズリーとミスター・ウィーズリー、お客さまがジョーク鍋を探しています」

ハリーは、フレッドとジョージがミスター・ウィーズリーと呼ばれるのを聞いて、とても変な気がしたが、二人はごく自然に呼びかけに応じた。

「わかった、ベリティ。今行く」ジョージが即座に答えた。

「ハリー、好きな物を何でも持ってけ。いいか？　代金無用」

「そんなことできないよ！」

ハリーはすでに「おとり爆弾」の支払いをしようと巾着を取り出していた。

「ここでは君は金を払わない」

ハリーが差し出した金を手を振って断りながら、フレッドがきっぱりと言った。

「でも――」

「君が、俺たちに起業資金を出してくれた。忘れちゃいない」ジョージが断固として言った。

「好きな物を何でも持っていってくれ。ただし、聞かれたら、どこで手に入れたかを忘れずに言ってくれ」

ジョージは客の応対のため、カーテンの向こうにするりと消え、フレッドは店頭の売り場までハリーを案内して戻った。そこには、「特許・白昼夢呪文」にまだ夢中になっているハーマイオニーとジニーがいた。

「お嬢さん方、我らが特製『ワンダーウィッチ』製品をごらんになったかな？」フレッドが聞いた。「レディーズ、こちらへどうぞ……」

窓のそばに、思いっきりピンク色の商品が並べてあり、興奮した女の子の群れが興味津々でクスクス笑っていた。ハーマイオニーもジニーも用心深く、尻込みした。

「さあ、どうぞ」フレッドが誇らしげに言った。「どこにもない最高級『ほれ薬』」

ジニーが疑わしげに片方の眉を吊り上げた。「効くの？」

「もちろん、効くさ。一回で最大二十四時間。問題の男子の体重にもよる――」

「――それに女子の魅力度にもよる」

突然、ジョージがそばに姿を現した。

「しかし、我らの妹には売らないのである」

ジョージが急に厳しい口調でつけ加えた。

「すでに約五人の男子が夢中であると聞きおよんでいるからには――」

「ロンから何を聞いたか知らないけど、大うそよ」

手を伸ばして棚から小さなピンクのつぼを取りながら、ジニーが冷静に言った。

「これは何？」

「『十秒で取れる保証つきにきび取り』」フレッドが言った。「おできから黒にきびまでよく効く。しかし、話をそらすな。今はディーン・トーマスという男子とデート中か否か？」

「そうよ」ジニーが言った。

「それに、この間見たときは、あの人、たしかに一人だった。五人じゃなかったわよ。こっちは何なの？」

ジニーは、キーキーかん高い音を出しながらかごの底を転がっている、ふわふわしたピンクや紫の毛玉の群れを指差していた。

「ピグミーパフ」ジョージが言った。「ミニチュアのパフスケインだ。いくら繁殖させても追いつかないぐらいだよ。それじゃ、マイケル・コーナーは？」

「捨てたわ。負けっぷりが悪いんだもの」

ジニーはかごの桟から指を一本入れ、ピグミーパフがそこにわいわい集まってくる様子を見つめていた。

「かーわいいっ！」

「連中は抱きしめたいほどかわいい。うん」フレッドが認めた。

「しかし、ボーイフレンドを渡り歩く速度が速過ぎないか？」

ジニーは腰に両手を当ててフレッドを見た。ウィーズリーおばさんそっくりのにらみがきいたその顔に、フレッドがよくもひるまないものだと、ハリーは驚いたくらいだ。

「よけいなお世話よ。それに、あなたにお願いしておきますけど」

商品をどっさり抱えてジョージのすぐそばに現れたロンに向かって、ジニーが言った。

「この二人に、私のことで、よけいなおしゃべりをしてくださいませんように！」

「全部で三ガリオン九シックル一クヌートだ」

ロンが両腕に抱え込んでいる箱を調べて、フレッドが言った。

「出せ」

「僕、弟だぞ！」

「そして、君がちょろまかしているのは兄の商品だ。三ガリオン九シックル。びた一クヌートたりとも負けられないところだが、一クヌート負けてやる」

「だけど三ガリオン九シックルなんて持ってない！」

「それなら全部戻すんだな。棚をまちがえずに戻せよ」

ロンは箱をいくつか落とし、フレッドに向かって悪態をついて下品な手まねをした。それが運悪く、その瞬間をねらったかのように現れたウィーズリーおばさんに見つかった。

「今度そんなまねをしたら、指がくっつく呪いをかけますよ」

ウィーズリーおばさんが語気を荒らげた。

「ママ、ピグミーパフが欲しいわ」間髪を容れずジニーが言った。

「何をですって？」おばさんが用心深く聞いた。

「見て、かわいいんだから……」

ウィーズリーおばさんは、ピグミーパフを見ようと脇に寄った。その一瞬、ハリー、ロン、ハーマイオニーは、まっすぐに窓の外を見ることができた。ドラコ・マルフォイが、一人で通りを急いでいるのが見えた。ウィーズリー・ウィザード・ウィーズ店を通り過ぎながら、ちらりと後ろを振り返ったマルフォイの姿は、一瞬の後、窓枠の外に出てしまい、三人には見えなくなった。

「あいつのお母上はどこへ行ったんだろう？」ハリーは眉をひそめた。

「どうやらまいたらしいな」ロンが言った。

「でも、どうして？」ハーマイオニーが言った。

ハリーは考えるのに必死で、何も言わなかった。ナルシッサ・マルフォイは、大事な息子からそう簡単に目を離したりはしないはずだ。固いガードから脱出するためには、マルフォイは相当がんばらなければならなかったはずだ。ハリーの大嫌いなあのマルフォイのことだから、無邪気な理由で脱走したのでないことだけはたしかだ。

ハリーはサッと周りを見た。ウィーズリーおばさんとジニーはピグミーパフをのぞき込み、ウィーズリーおじさんは、インチキするための印がついたマグルのトランプを一組、うれしそうにいじっている。フレッドとジョージは二人とも客の接待だ。窓の向こうには、ハグリッドがこちらに背を向けて、通りを端から端まで見渡しながら立っている。

「ここに入って、早く」

ハリーはバックパックから「透明マント」を引っ張り出した。

「あ――私、どうしようかしら、ハリー」

ハーマイオニーは心配そうにウィーズリーおばさんを見た。

「来いよ！　さあ！」ロンが呼んだ。

ハーマイオニーはもう一瞬躊躇したが、ハリーとロンについてマントにもぐり込んだ。フレッド・ジョージ商品にみんなが夢中で、三人が消えたことには、誰も気づかない。ハリー、ロン、ハーマイオニーは、できるだけ急いで混み合った店内をすり抜け、外に出た。しかし、通りに出たときにはすでに、三人が姿を消したと同じぐらい見事に、マルフォイの姿も消えていた。

「こっちの方向に行った」

ハリーは、鼻歌を歌っているハグリッドに聞こえないよう、できるだけ低い声で言った。

「行こう」

三人は左右に目を走らせながら、急ぎ足で店のショーウィンドウやドアの前を通り過ぎた。やがてハーマイオニーが行く手を指差した。

「あれ、そうじゃない？」ハーマイオニーが小声で言った。「左に曲がった人」

「びっくりしたなぁ」ロンも小声で言った。

マルフォイが、あたりを見回してからすっと入り込んだ先が、「夜の闇横丁」だったからだ。

「早く。見失っちゃうよ」ハリーが足を速めた。

「足が見えちゃうわ！」

マントがくるぶしあたりでひらひらしていたので、ハーマイオニーが心配した。近ごろでは、三人そろってマントに隠れるのはかなり難しくなっていた。

「かまわないから」ハリーがいらいらしながら言った。

「とにかく急いで！」

しかし、闇の魔術専門の「夜の闇横丁」は、まったく人気がないように見えた。通りがかりに窓からのぞいても、どの店にも客の影はまったく見えない。危険で疑心暗鬼のこんな時期に、闇の魔術に関する物を買うのは――少なくとも買うのを見られるのは――自ら正体を明かすようなものなのだろうと、ハリーは思った。

ハーマイオニーがハリーのひじを強くつねった。

「イタッ！」

「シーッ！　あそこにいるわ」ハーマイオニーがハリーに耳打ちした。

三人はちょうど、「夜の闇横丁」でハリーが来たことのあるただ一軒の店の前にいた。「ボージン・アンド・バークス」、邪悪な物を手広く扱っている店だ。どくろや古い瓶類のショーケースの間に、こちらに背を向けてドラコ・マルフォイが立っていた。ハリーがマルフォイ父子をさけて隠れた、あの黒い大きなキャビネット棚のむこう側に、ようやく見える程度の姿だ。マルフォイの手の動きから察すると、さかんに話をしているらしい。猫背で脂っこい髪の店主、ボージン氏がマルフォイと向き合っている。憤りと恐れの入りまじった、奇妙な表情だった。

「あの人たちの言ってることが聞こえればいいのに！」ハーマイオニーが言った。

「聞こえるさ！」ロンが興奮した。「待ってて――コンニャロ――」

ロンはまだ箱をいくつか抱え込んだままだったが、一番大きな箱をいじり回しているうちに、ほかの箱をいくつか落としてしまった。

「『伸び耳』だ。どうだ！」

ロンは薄いオレンジ色の長いひもを取り出し、ドアの下に差し込もうとしていた。

「ああ、ドアに『邪魔よけ呪文』がかかってないといいけど――」

「かかってない！」ロンが大喜びで言った。「聞けよ！」

「すごいわ！」ハーマイオニーが言った。

三人は頭を寄せ合って、ひもの端にじっと耳を傾けた。まるでラジオをつけたようにはっきりと大きな音で、マルフォイの声が聞こえた。

「……直し方を知っているのか？」

「かもしれません」

ボージンの声には、あまり関わりたくない雰囲気があった。

「拝見いたしませんと何とも。店のほうにお持ちいただけませんか？」

「できない」マルフォイが言った。

「動かすわけにはいかない。どうやるのかを教えてほしいだけだ」

ボージンが神経質に唇をなめるのが、ハリーの目に入った。

「さあ、拝見しませんと、何しろ大変難しい仕事でして、もしかしたら不可能かと。何もお約束はできないしだいで」

「そうかな？」マルフォイが言った。

その言い方だけで、ハリーにはマルフォイがせせら笑っているのがわかった。

「もしかしたら、これで、もう少し自信が持てるようになるだろう」

マルフォイがボージンに近寄ったので、キャビネット棚に隠されて姿が見えなくなった。ハリー、ロン、ハーマイオニーは横歩きしてマルフォイの姿をとらえようとしたが、見えたのはボージンの恐怖の表情だけだった。

「誰かに話してみろ」マルフォイが言った。「痛い目にあうぞ。フェンリール・グレイバックを知っているな？　僕の家族と親しい。ときどきここに寄って、おまえがこの問題に充分に取り組んでいるかどうかをたしかめるぞ」

「そんな必要は――」

「それは僕が決める」マルフォイが言った。「さあ、もう行かなければ。それで、こっちのあれを安全に保管するのを忘れるな。あれは、僕が必要になる」

「今お持ちになってはいかがです？」

「そんなことはしないに決まっているだろう。バカめが。そんなものを持って通りを歩いたら、どういう目で見られると思うんだ？　とにかく売るな」

「もちろんですとも……若様」

ボージンは、ハリーが以前に見た、ルシウス・マルフォイに対するのと同じぐらい深々とおじぎした。

「誰にも言うなよ、ボージン。母上もふくめてだ。わかったか？」

「もちろんです。もちろんです」

ボージンは再びおじぎしながら、ボソボソと言った。

次の瞬間、ドアの鈴が大きな音を立て、マルフォイが満足げに意気揚々と店から出てきた。ハリー、ロン、ハーマイオニーのすぐそばを通り過ぎたので、マントがひざのあたりでまたひらひらするのを感じた。店の中で、ボージンは凍りついたように立っていた。ねっとりした笑いが消え、心配そうな表情だった。

「いったい何のことだ？」

ロンが「伸び耳」を巻き取りながら小声で言った。

「さあ」ハリーは必死で考えた。

「何かを直したがっていた……それに、何かを店に取り置きしたがっていた……『こっちのあれ』って言ったとき、何を指差してたか、見えたか？」

「いや、あいつ、キャビネット棚の陰になってたから――」

「二人ともここにいて」ハーマイオニーが小声で言った。

「何をする気――？」

しかしハーマイオニーはもう、「マント」の下から出ていた。窓ガラスに姿を映して髪をなでつけ、ドアの鈴を鳴らし、ハーマイオニーはどんどん店に入っていった。ロンはあわてて「伸び耳」をドアの下から入れ、ひもの片方をハリーに渡した。

「こんにちは。いやな天気ですね？」

ハーマイオニーは明るくボージンに挨拶した。ボージンは返事もせず、うさんくさそうにハーマイオニーを見た。ハーマイオニーは楽しそうに鼻歌を歌いながら、飾ってある雑多な商品の間をゆっくり歩いた。

「あのネックレス、売り物ですか？」

前面がガラスのショーケースのそばで立ち止まって、ハーマイオニーが聞いた。

「千五百ガリオン持っていればね」ボージンが冷たく答えた。

「ああ――ンー――ううん。それほどは持ってないわ」ハーマイオニーは歩き続けた。

「それで……このきれいな……えぇと……どくろは？」

「十六ガリオン」

「それじゃ、売り物なのね？　別に……誰かのために取り置きとかでは？」

ボージンは目を細めてハーマイオニーを見た。ハリーには、ハーマイオニーのねらいが何なのかずばりわかり、これはまずいぞと思った。ハーマイオニーも明らかに、見破られたと感じたらしく、急に慎重さをかなぐり捨てた。

「実は、あの――今ここにいた男の子、ドラコ・マルフォイだけど、あの、友達で、誕生日のプレゼントをあげたいの。でも、もう何かを予約してるなら、当然、同じ物はあげたくないので、それで……あの……」

かなり下手な作り話だと、ハリーは思った。どうやら、ボージンも同じ考えだった。

「失せろ」ボージンが鋭く言った。

「出て失せろ！」

ハーマイオニーは二度目の失せろを待たずに、急いでドアに向かった。ボージンがすぐあとを追ってきた。鈴がまた鳴り、ボージンはハーマイオニーの背後でピシャリとドアを閉めて、「閉店」の看板を出した。

「まあね」ロンがハーマイオニーに、またマントを着せかけながら言った。

「やってみる価値はあったけど、君、ちょっとバレバレで――」

「あーら、なら、次のときはあなたにやってみせていただきたいわ。秘術名人さま！」

ハーマイオニーがバシッと言い返した。

ロンとハーマイオニーは、ウィーズリー・ウィザード・ウィーズに戻るまでずっと口げんかしていたが、店の前で口論をやめざるをえなかった。三人がいないことに、はっきり気づいた心配顔のウィーズリーおばさんとハグリッドをかわして、二人に気取られないように通り抜けなければならなかったからだ。いったん店に入ってから、ハリーはサッと透明マントを脱いで、バックパックに隠した。それから、ウィーズリーおばさんの詰問に答えている二人と一緒になって、自分たちは店の奥にずっといた、おばさんはちゃんと探さなかったのだろうと言い張った。

第7章　ナメクジ・クラブ

夏休み最後の一週間のほとんどを、ハリーは「夜の闇横丁」でのマルフォイの行動の意味を考えて過ごした。店を出たときのマルフォイの満足げな表情がどうにも気がかりだった。マルフォイをあそこまで喜ばせることが、よい話であるはずがない。ところが、ロンもハーマイオニーも、どうやらハリーほどにはマルフォイの行動に関心を持っていないらしいのが、ハリーを少しいらだたせた。少なくとも二人は、二、三日たつとその話にあきてしまったようだった。

「ええ、ハリー、あれはあやしいって、そう言ったじゃない」ハーマイオニーがいらいら気味に言った。

ハーマイオニーは、フレッドとジョージの部屋の出窓に腰かけ、両足を段ボールにのせて、真新しい『上級ルーン文字翻訳法』を読んでいたが、しぶしぶ本から目を上げた。

「でも、いろいろ解釈のしようがあるって、そういう結論じゃなかった？」

「『輝きの手』を壊しちまったかもしれないし」

ロンは箒の尾の曲がった小枝をまっすぐに伸ばしながら、上の空で言った。

「マルフォイが持ってたあのしなびた手のこと、覚えてるだろ？」

「だけど、あいつが『**こっちのあれを**安全に保管するのを忘れるな』って言ったのはどうなんだ？」

ハリーは、この同じ質問を何度くり返したかわからない。

「ボージンが、壊れた物と同じのをもう一つ持っていて、マルフォイは両方欲しがっている。僕にはそう聞こえた」

「そう思うか？」ロンは、今度は箒の柄のほこりをかき落とそうとしていた。

「ああ、そう思う」ハリーが言った。

ロンもハーマイオニーも反応しないので、ハリーが一人で話し続けた。

「マルフォイの父親はアズカバンだ。マルフォイが復讐したがってると思わないか？」

ロンが、目をパチクリしながら顔を上げた。

「マルフォイが？　復讐？　何ができるっていうんだ？」

「そこなんだ。僕にはわからない！」

ハリーはじりじりした。

「でも、何かたくらんでる。僕たち、それを真剣に考えるべきだと思う。あいつの父親は死喰い人だし、それに――」

ハリーは突然言葉を切って、口をあんぐり開け、ハーマイオニーの背後の窓を見つめた。驚くべき考えがひらめいたのだ。

「ハリー？」ハーマイオニーが心配そうに言った。「どうかした？」

「傷痕がまた痛むんじゃないだろな？」ロンが不安そうに聞いた。

「あいつが死喰い人だ」ハリーがゆっくりと言った。

「父親にかわって、あいつが死喰い人なんだ！」

しんとなった。そしてロンが、はじけるように笑いだした。

「マルフォイが？　十六歳だぜ、ハリー！『例のあの人』が、マルフォイなんかを入れると思うか？」

「とてもありえないことだわ、ハリー」

ハーマイオニーが抑圧的な口調で言った。

「どうしてそんなことが――？」

「マダム・マルキンの店。マダムがあいつのそでをまくろうとしたら、腕には触れなかったのに、あいつ、叫んで腕をぐいっと引っ込めた。左の腕だった。闇の印がつけられていたんだ」

ロンとハーマイオニーは顔を見合わせた。

「さあ……」ロンは、まったくそうは思えないという調子だった。

「ハリー、マルフォイは、あの店から出たかっただけだと思うわ」ハーマイオニーが言った。

「僕たちには見えなかったけど、あいつはボージンに、何かを見せた」ハリーは頑固に言い張った。「ボージンがまともに怖がる何かだ。『印』だったんだ。まちがいない――ボージンに、誰を相手にしているのかを見せつけたんだ。ボージンがどんなにあいつを真に受けたか、君たちも見たはずだ！」

ロンとハーマイオニーがまた顔を見合わせた。

「はっきりわからないわ、ハリー……」

「そうだよ。僕はやっぱり、『例のあの人』がマルフォイを入れるなんて思えないな……」

いらだちながらも、自分の考えは絶対まちがいないと確信して、ハリーは汚れたクィディッチのユニフォームを一山引っつかみ、部屋を出た。ウィーズリーおばさんが、ここ何日も、洗濯物や荷造りをぎりぎりまで延ばさないようにと、みんなを急かしていたのだ。階段の踊り場で、洗濯したての服を一山抱えて自分の部屋に帰る途中のジニーに出くわした。

「今台所に行かないほうがいいわよ」ジニーが警告した。

「ヌラーがべっとりだから」

「すべらないように気をつけるよ」ハリーがほほ笑んだ。

ハリーが台所に入ると、まさにそのとおり、フラーがテーブルのそばに腰かけ、ビルとの結婚式の計画をとめどなくしゃべっていた。ウィーズリーおばさんは、勝手に皮がむける芽キャベツの山を、不機嫌な顔で監視していた。

「……ビルと私、あな・嫁の付き添いをふーたりだけにしようと、ほとんど決めましたね。ジニーとガブリエール、一緒にとーてもかわいーいと思いまーす。私、ふーたりに、淡いゴールドの衣装、着せよーうと考えていますね――もちろんピーンクは、ジニーの髪と合わなくて、いど・いでーす――」

「ああ、ハリー！」

ウィーズリーおばさんがフラーの一人舞台をさえぎり、大声で呼びかけた。

「よかった。明日のホグワーツ行きの安全対策について、説明しておきたかったの。魔法省の車がまた来ます。駅には闇祓いたちが待っているはず――」

「トンクスは駅に来ますか？」

ハリーは、クィディッチの洗濯物を渡しながら聞いた。

「いいえ、来ないと思いますよ。アーサーの口ぶりでは、どこかほかに配置されているようね」

「あのいと、このごろぜーんぜん身なりをかまいません。あのトンクス」

フラーはティースプーンの裏に映るハッとするほど美しい姿をたしかめながら、思いにふけるように言った。

「大きなまちがいでーす。私の考えでは――」

「ええ、それは**どうも**」

ウィーズリーおばさんがまたしてもフラーをさえぎって、ピリリと言った。

「ハリー、もう行きなさい。できれば今晩中にトランクを準備してほしいわ。いつもみたいに出がけにあわてることがないようにね」

そして次の朝、事実、いつもより出発の流れがよかった。魔法省の車が「隠れ穴」の前にすべるように入ってきたときには、みんなそこに待機していた。トランクは詰め終わり、ハーマイオニーの猫、クルックシャンクスは旅行用のバスケットに安全に閉じ込められ、ヘドウィグとロンのふくろうのピッグウィジョン、それにジニーの新しい紫のピグミーパフ、アーノルドはかごに収まっていた。

「オールヴォワ、ハリー」

フラーがお別れのキスをしながら、ハスキーな声で言った。ロンは期待顔で進み出たが、ジニーの突き出した足に引っかかって転倒し、フラーの足元の地べたにぶざまに大の字になった。カンカンに怒って、まっ赤な顔に泥をくっつけたまま、ロンはさよならも言わずにさっさと車に乗り込んだ。


キングズ・クロス駅で待っていたのは、陽気なハグリッドではなかった。そのかわり、マグルの黒いスーツを着込んだ厳めしいひげ面の闇祓いが二人、車が停車するなり進み出て一行を挟み、一言も口をきかずに駅の中まで行軍させた。

「早く、早く。柵の向こうに」

粛々とした効率のよさにちょっと面食らいながら、ウィーズリーおばさんが言った。

「ハリーが最初に行ったほうがいいわ。誰と一緒に――？」

おばさんは問いかけるように闇祓いの一人を見た。その闇祓いは軽くうなずき、ハリーの二の腕をがっちりつかんで、九番線と十番線の間にある柵にいざなおうとした。

「自分で歩けるよ。せっかくだけど」

ハリーはいらいらしながら、つかまれた腕をぐいと振りほどいた。だんまりの連れを無視して、ハリーはカートを硬い柵に真っ向から突っ込んだ。次の瞬間、ハリーは九と四分の三番線に立ち、そこには、紅のホグワーツ特急が、人混みの上に白い煙を吐きながら停車していた。

すぐあとから、ハーマイオニーとウィーズリー一家がやってきた。強面の闇祓いに相談もせず、ハリーはロンとハーマイオニーに向かって、空いているコンパートメントを探すのにプラットホームを歩くから、一緒に来いよと合図した。

「だめなのよ、ハリー」ハーマイオニーが申し訳なさそうに言った。「ロンも私も、まず監督生の車両に行って、それから少し通路のパトロールをしないといけないの」

「ああ、そうか。忘れてた」ハリーが言った。

「みんな、すぐに汽車に乗ったほうがいいわ。あと数分しかない」

ウィーズリーおばさんが腕時計を見ながら言った。

「じゃあ、ロン、楽しい学期をね……」

「ウィーズリーおじさん、ちょっとお話ししていいですか？」とっさにハリーは心を決めた。

「いいとも」

おじさんはちょっと驚いたような顔をしたが、ハリーのあとについて、みんなに声が聞こえない所まで行った。

ハリーは慎重に考え抜いて、誰かに話すのであれば、ウィーズリーおじさんがその人だという結論に達していた。第一に、おじさんは魔法省で働いているので、さらに調査をするには一番好都合な立場にあること。第二に、ウィーズリーおじさんなら怒って爆発する危険性があまりない、と考えたからだ。

ハリーたちがその場を離れるとき、ウィーズリーおばさんとあのこわもての闇祓いが、疑わしげに二人を見ているのに、ハリーは気づいていた。

「僕たちが『ダイアゴン横丁』に行ったとき――」

ハリーは話しはじめたが、おじさんは顔をしかめて機先を制した。

「フレッドとジョージの店の奥にいたはずの君とロン、ハーマイオニーが、実はその間どこに消えていたのか、それを聞かされるということかね？」

「どうしてそれを――？」

「ハリー、何を言ってるんだね。この私は、フレッドとジョージを育てたんだよ」

「あー……うん、そうですね。僕たち奥の部屋にはいませんでした」

「けっこうだ。それじゃ、最悪の部分を聞こうか」

「あの、僕たち、ドラコ・マルフォイを追っていました。僕の透明マントを使って」

「何か特別な理由があったのかね？　それとも単なる気まぐれだったのかい？」

「マルフォイが何かたくらんでいると思ったからです」

おじさんの、あきれながらもおもしろがっている顔を無視して、ハリーは話し続けた。

「あいつは母親をうまくまいたんです。僕、そのわけが知りたかった」

「そりゃ、そうだ」

おじさんは、しかたがないだろうという言い方をした。

「それで？　なぜだかわかったのかね？」

「あいつは『ボージン・アンド・バークス』の店に入りました」ハリーが言った。「そしてあそこのボージンっていう店主を脅しはじめ、何かを修理する手助けをさせようとしてました。それから、もう一つ別な物をマルフォイのために保管しておくようにと、ボージンに言いました。修理が必要な物と同じ種類の物のような言い方でした。二つ一組のような。それから……」

ハリーは深く息を吸い込んだ。

「もう一つ、別のことですが、マダム・マルキンがあいつの左腕にさわろうとしたとき、マルフォイがものすごく飛び上がるのを、僕たち見たんです。僕は、あいつが闇の印を刻印されていると思います。父親のかわりに、あいつが死喰い人になったんだと思います」

ウィーズリー氏はギョッとしたようだった。少し間を置いて、おじさんが言った。

「ハリー、『例のあの人』が十六歳の子を受け入れるとは思えないが――」

「『例のあの人』が何をするかしないかなんて、ほんとうにわかる人がいるんですか？」

ハリーが声を荒らげた。

「ごめんなさい、ウィーズリーおじさん。でも、調べてみる価値がありませんか？　マルフォイが何かを修理したがっていて、そのためにボージンを脅す必要があるのなら、たぶんその何かは、闇の物とか、何か危険な物なのではないですか？」

「正直言って、ハリー、そうではないように思うよ」おじさんがゆっくりと言った。

「いいかい、ルシウス・マルフォイが逮捕されたとき、我々は館を強制捜査した。危険だと思われる物は、我々がすべて持ち帰った」

「何か見落としたんだと思います」ハリーがかたくなに言った。

「ああ、そうかもしれない」とおじさんは言ったが、ハリーは、おじさんが調子を合わせているだけだと感じた。

二人の背後で汽笛が鳴った。ほとんど全員、汽車に乗り込み、ドアが閉まりかけていた。

「急いだほうがいい」おじさんがうながし、おばさんの声が聞こえた。

「ハリー、早く！」

ハリーは急いで乗り込み、おじさんとおばさんがトランクを列車にのせるのを手伝った。

「さあ、クリスマスには来るんですよ。ダンブルドアとすっかり段取りしてありますからね。すぐに会えますよ」

ハリーがデッキのドアを閉め、列車が動きだすと、おばさんが窓越しに言った。

「体に気をつけるのよ。それから――」

汽車が速度を増した。

「――いい子にするのよ。それから――」

おばさんは汽車に合わせて走っていた。

「――危ないことをしないのよ！」

ハリーは、汽車が角を曲がり、おじさんとおばさんが見えなくなるまで手を振った。それから、みんながどこにいるか探しにかかった。ロンとハーマイオニーは監督生車両に閉じ込められているだろうと思ったが、ジニーは少し離れた通路で友達としゃべっていた。ハリーはトランクを引きずってジニーのほうに移動した。

ハリーが近づくと、みんなが臆面もなくじろじろ見た。ハリーを見ようと、コンパートメントのガラスに顔を押しつける者さえいる。「日刊予言者新聞」で「選ばれし者」のうわさをさんざん書かれてしまったからには、今学期は「じいーっ」やら「じろじろ」やらが増えるのにたえなければならないだろうと予測はしていたが、まぶしいスポットライトの中に立つ感覚が楽しいとは思わなかった。ハリーはジニーの肩をたたいた。

「コンパートメントを探しにいかないか？」

「だめ、ハリー。ディーンと落ち合う約束してるから」ジニーは明るくそう言った。

「またあとでね」

「うん」

ハリーは、ジニーが長い赤毛を背中に揺らして立ち去るのを見ながら、ズキンと奇妙に心が波立つのを感じた。夏の間、ジニーがそばにいることに慣れてしまい、学校ではジニーが、自分やロン、ハーマイオニーといつも一緒にいるわけではないことを忘れていた。ハリーは瞬きをしてあたりを見回した。すると、うっとりしたまなざしの女の子たちに周りを囲まれていた。

「やあ、ハリー」

背後で聞き覚えのある声がした。

「ネビル！」

ハリーはホッとした。振り返ると、丸顔の男の子が、ハリーに近づこうともがいていた。

「こんにちは、ハリー」

ネビルのすぐ後ろで、大きいおぼろな目をした長い髪の女の子が言った。

「やあ、ルーナ。元気？」

「元気だよ。ありがとう」

ルーナが言った。胸に雑誌を抱きしめている。表紙に大きな字で、「メラメラめがねの付録つき」と書いてあった。

「それじゃ、『ザ・クィブラー』はまだ売れてるの？」

ハリーが聞いた。先学期、ハリーが独占インタビューを受けたこの雑誌に、何だか親しみを覚えた。

「うん、そうだよ。発行部数がぐんと上がった」ルーナがうれしそうに言った。

「席を探そう」

ハリーがうながして、三人は無言で見つめる生徒たちの群れの中を歩きはじめた。やっと空いているコンパートメントを見つけ、ハリーはありがたいとばかり急いで中に入った。

「みんな、僕たちのことまで見つめてる」ネビルが、自分とルーナを指した。

「僕たちが、君と一緒にいるから！」

「みんなが君たちを見つめてるのは、君たちも魔法省にいたからだ」

トランクを荷物棚に上げながら、ハリーが言った。

「あそこでの僕たちのちょっとした冒険が、『日刊予言者新聞』に書きまくられていたよ。君たちも見たはずだ」

「うん、あんなに書き立てられて、ばあちゃんが怒るだろうと思ったんだ」ネビルが言った。

「ところが、ばあちゃんたら、とっても喜んでた。僕がやっと父さんに恥じない魔法使いになりはじめたって言うんだ。新しい杖を買ってくれたんだよ。見て！」

ネビルは杖を取り出して、ハリーに見せた。

「桜と一角獣の毛」ネビルは得意げに言った。

「オリバンダーが売った最後の一本だと思う。次の日にいなくなったんだもの――オイ、こっちにおいで、トレバー！」

ネビルは、またしても自由への逃走をくわだてたヒキガエルを捕まえようと、座席の下にもぐり込んだ。

「ハリー、今学年もまだDAの会合をするの？」

ルーナは『ザ・クィブラー』のまん中からサイケなめがねを取りはずしながら聞いた。

「もうアンブリッジを追い出したんだから、意味ないだろう？」

そう言いながら、ハリーは腰をかけた。

ネビルは、座席の下から顔を突き出す拍子に頭を座席にぶつけた。とても失望した顔をしていた。

「僕、DAが好きだった！　君からたくさん習った！」

「あたしもあの会合が楽しかったよ」ルーナがけろりとして言った。

「友達ができたみたいだった」

ルーナはときどきこういう言い方をして、ハリーをぎくりとさせる。ハリーは、哀れみと当惑が入りまじって、のたうつような気持ちになった。しかし、ハリーが何も言わないうちに、コンパートメントの外が騒がしくなった。四年生の女子たちがドアの外に集まって、ヒソヒソ、クスクスやっていた。

「あなたが聞きなさいよ！」

「いやよ、あなたよ！」

「私がやるわ！」

そして、大きな黒い目に長い黒髪の、えらが張った大胆そうな顔立ちの女の子が、ドアを開けて入ってきた。

「こんにちは、ハリー。私、ロミルダ。ロミルダ・ベインよ」

女の子が大きな声で自信たっぷりに言った。

「私たちのコンパートメントに来ない？　この人たちと一緒にいる必要はないわ」

ネビルとルーナを指差しながら、女の子が聞こえよがしのささやき声で言った。指されたネビルは、座席の下から尻を突き出してトレバーを手探りしていたし、ルーナは付録の「メラメラめがね」をかけて、多彩色のほうけたふくろうのような顔をしていた。

「この人たちは僕の友達だ」ハリーは冷たく言った。

「あら」女の子は驚いたような顔をした。「そう。オッケー」

女の子は、ドアを閉めて出ていった。

「みんなは、あんたに、あたしたちよりもっとかっこいい友達を期待するんだ」

ルーナはまたしても、率直さで人を面食らわせる腕前を発揮した。

「君たちはかっこいいよ」ハリーは言葉少なに言った。

「あの子たちの誰も魔法省にいなかった。誰も僕と一緒に戦わなかった」

「いいこと言ってくれるわ」

ルーナはニッコリして、鼻の「メラメラめがね」を押し上げ、腰を落ち着けて『ザ・クィブラー』を読みはじめた。

「だけど、僕たちは、『あの人』には立ち向かってない」

ネビルが、髪に綿ごみやほこりをくっつけ、あきらめ顔のトレバーを握って、座席の下から出てきた。

「君が立ち向かった。ばあちゃんが君のことを何て言ってるか、聞かせたいな。『あのハリー・ポッターは、**魔法省全部を束にしたより根性があります！**』。ばあちゃんは君を孫に持てたら、ほかには何にもいらないだろうな……」

ハリーは、気まずい思いをしながら笑った。そして、急いで話題を変えて、O・W・Lテストの結果を話した。ネビルが自分の点数を数え上げ、「変身術」が「A・可」しか取れなかったから、N・E・W・Tレベルの変身術を履修させてもらえるかどうかといぶかる様子を、ハリーは話を聞いているふりをしながら見つめていた。

ヴォルデモートは、ネビルの幼年時代にも、ハリーの場合と同じぐらい暗い影を落としている。だが、ハリーの持つ運命がもう少しでネビルのものになるところだったということを、ネビル自身はまったく知らない。予言は二人のどちらにも当てはまる可能性があった。それなのに、ヴォルデモートは、なぜなのか計り知れない理由で、ハリーこそ予言が示唆した者だと考えた。

ヴォルデモートがネビルを選んでいれば、今ハリーのむかい側に座っているネビルが、稲妻形の傷と予言の重みを持つ者になっていただろうに……いや、そうだろうか？　ネビルの母親は、リリーがハリーのために死んだように、ネビルを救うために死んだだろうか？　きっとそうしただろう……でもネビルの母親が、息子とヴォルデモートとの間に割って入ることができなかったとしたら？　その場合には「選ばれし者」は存在さえしなかったのではないだろうか？　ネビルが今座っている席はからっぽだったろうし、傷痕のないハリーが自分の母親にさよならのキスをしていたのではないだろうか？　ロンの母親にではなく……。

「ハリー、大丈夫？　何だか変だよ」ネビルが言った。

ハリーはハッとした。

「ごめん――僕――」

「ラックスパートにやられた？」

ルーナが巨大な極彩色のめがねの奥から、気の毒そうにハリーをのぞき見た。

「僕――えっ？」

「ラックスパート……目に見えないんだ。耳にふわふわ入っていって、頭をぼーっとさせるやつ」ルーナが言った。「このへんを一匹飛んでるような気がしたんだ」

ルーナは見えない巨大な蛾をたたき落とすかのように、両手でパシッパシッと空をたたいた。

ハリーとネビルは顔を見合わせ、あわててクィディッチの話を始めた。

車窓から見る外の天気は、この夏ずっとそうだったように、まだら模様だった。汽車は、ヒヤリとする霧の中かと思えば、次は明るい陽の光が淡く射している所を通った。太陽がほとんど真上に見え、何度目かの、つかの間の光が射し込んできたとき、ロンとハーマイオニーがやっとコンパートメントにやってきた。

「ランチのカート、早く来てくれないかなぁ。腹ペコだ」

ハリーの隣の席にドサリと座ったロンが、胃袋のあたりをさすりながら待ち遠しそうに言った。

「やあ、ネビル、ルーナ。ところでさ」ロンはハリーに向かって言った。「マルフォイが監督生の仕事をしていないんだ。ほかのスリザリン生と一緒に、コンパートメントに座ってるだけ。通り過ぎるときにあいつが見えた」

ハリーは気を引かれて座りなおした。先学年はずっと、監督生としての権力を嬉々として濫用していたのに、力を見せつけるチャンスを逃すなんてマルフォイらしくない。

「君を見たとき、あいつ何をした？」

「いつものとおりのこれさ」

ロンは事もなげにそう言って、下品な手の格好をやって見せた。

「だけど、あいつらしくないよな？ まあ――こっちのほうは、あいつらしいけど――」

ロンはもう一度手まねしてみせた。

「でも、なんで一年生をいじめに来ないんだ？」

「さあ」

ハリーはそう言いながら、忙しく考えをめぐらしていた。マルフォイには、下級生いじめより大切なことがあるのだ、とは考えられないだろうか？

「たぶん、『尋問官親衛隊』のほうがお気に召してたのよ」ハーマイオニーが言った。「監督生なんて、それに比べるとちょっと迫力に欠けるように思えるんじゃないかしら」

「そうじゃないと思う」ハリーが言った。「たぶん、あいつは――」

持論を述べないうちに、コンパートメントのドアがまた開いて、三年生の女子が息を切らしながら入ってきた。

「私、これを届けるように言われて来ました。ネビル・ロングボトムとハリー・ポ、ポッターに」

ハリーと目が合うと、女の子は真っ赤になって言葉がつっかえながら、紫のリボンで結ばれた羊皮紙の巻き紙を二本差し出した。ハリーもネビルもわけがわからずに、それぞれに宛てられた巻き紙を受け取った。女の子は転ぶようにコンパートメントを出ていった。

「何だい、それ？」

ハリーが巻き紙をほどいていると、ロンが聞いた。

「招待状だ」ハリーが答えた。

ハリー

コンパートメントCでのランチに参加してもらえれば大変うれしい。

敬具

H・E・F　スラグホーン教授

「スラグホーン教授って、誰？」

ネビルは、自分宛の招待状に当惑している様子だ。

「新しい先生だよ」ハリーが言った。「うーん、たぶん、行かなきゃならないだろうな？」

「だけど、どうして僕に来てほしいの？」

ネビルは、まるで罰則が待ち構えているかのようにこわごわ聞いた。

「わからないな」

ハリーはそう言ったが、実は、まったくわからないわけではなかった。ただ、直感が正しいかどうかの証拠が何もない。

「そうだ」ハリーは急にひらめいた。

「透明マントを着ていこう。そうすれば、途中でマルフォイをよく見ることができるし、何をたくらんでいるかわかるかもしれない」

アイデアはよかったが、実現せずじまいだった。通路はランチ・カートを待つ生徒でいっぱいで、「マント」をかぶったまま通り抜けることは不可能だった。じろじろ見られるのをさけるためにだけでも使えたらよかったのに、と残念に思いながら、ハリーは「マント」をかばんに戻した。視線は、さっきよりさらに強烈になっているようだった。ハリーをよく見ようと、生徒たちがあちこちのコンパートメントから飛び出した。

例外はチョウ・チャンで、ハリーを見るとコンパートメントにかけ込んだ。ハリーが前を通り過ぎるとき、わざとらしく友達のマリエッタと話し込んでいる姿が見えた。マリエッタは厚化粧をしていたが、顔を横切って奇妙なにきびの配列が残っているのを、完全に隠しおおせてはいなかった。ハリーはちょっとほくそ笑んで、先へと進んだ。


コンパートメントＣに着くとすぐ、スラグホーンに招待されていたのはハリーたちだけではないことがわかったが、スラグホーンの熱烈歓迎ぶりから見て、ハリーが一番待ち望まれていたらしい。

「ハリー、よく来た！」

ハリーを見て、スラグホーンがすぐに立ち上がった。ビロードで覆われた腹が、コンパートメントの空間をすべて埋め尽くしているように見える。てかてかのはげ頭と巨大な銀色の口ひげが、陽の光を受けて、チョッキの金ボタンと同じぐらいまぶしく輝いている。

「よく来た、よく来てくれた！　それで、君はミスター・ロングボトムだろうね！」

ネビルがこわごわうなずいた。スラグホーンにうながされて、二人はドアに一番近い、二つだけ空いている席に向かい合って座った。ハリーはほかの招待客を、ちらりと見回した。同学年の顔見知りのスリザリン生が一人いる。ほお骨が張り、細長い目が吊り上がった、背の高い黒人の男子生徒だ。そのほか、ハリーの知らない七年生が二人、それと、隅の席にスラグホーンの隣で押しつぶされながら、どうしてここにいるのかさっぱりわからないという顔をしているのは、ジニーだ。

「さーて、みんなを知っているかな？」

スラグホーンがハリーとネビルに聞いた。

「ブレーズ・ザビニは君たちの学年だな――」

ザビニは顔見知りの様子も見せず、挨拶もしなかったが、ハリーとネビルも同様だった。グリフィンドールとスリザリンの学生は、基本的に憎しみ合っていたのだ。

「こちらはコーマック・マクラーゲン。お互いに出会ったことぐらいはあるんじゃないかね――？　ん？」

大柄でバリバリの髪の青年は片手を挙げ、ハリーとネビルはうなずいて挨拶した。

「――そしてこちらはマーカス・ベルビィ。知り合いかどうかは――？」

やせて神経質そうなベルビィが、無理やりほほ笑んだ。

「――そして**こちら**のチャーミングなお嬢さんは、君たちを知っているとおっしゃる！」

スラグホーンが紹介を終えた。

ジニーがスラグホーンの後ろで、ハリーとネビルにしかめっ面をしてみせた。

「さてさて、楽しいかぎりですな」

スラグホーンがくつろいだ様子で言った。

「みんなと多少知り合えるいい機会だ。さあ、ナプキンを取ってくれ。わたしは自分でランチを準備してきたのだよ。記憶によれば、ランチ・カートは杖形甘草飴がどっさりで、年寄りの消化器官にはちときつい……ベルビィ、雉肉はどうかな？」

ベルビィはぎくりとして、冷たい雉肉の半身のような物を受け取った。

「こちらのマーカス君に今話していたところなんだが、わたしはマーカスのおじさんのダモクレスを教えさせてもらってね」

今度はロールパンのバスケットをみんなに差し出しながら、スラグホーンがハリーとネビルに向かって言った。

「優秀な魔法使いだった。実に優秀な。当然のマーリン勲章を受けてね。おじさんにはしょっちゅう会うのかね？　マーカス？」

　運の悪いことに、ベルビィは今しがた、雉肉の塊を口いっぱいにほお張ったところだった。返事をしようと焦って、ベルビィはあわててそれを飲み込み、顔を紫色にしてむせはじめた。

「アナプニオ！　気の道開け！」

　スラグホーンは杖をベルビィに向け、落ち着いて唱えた。ベルビィの気道はどうやらたちまち開通したようだった。

「あまり……あまりひんぱんには。いいえ」ベルビィは涙をにじませながら、ゼイゼイ言った。

「まあ、もちろん、彼は忙しいだろうと拝察するが」

　スラグホーンはベルビィを探るような目で見た。

「『トリカブト薬』を発明するのに、おじさんは相当大変なお仕事をなさったにちがいない！」

「そうだと思います……」

　ベルビィは、スラグホーンの質問が終わったとわかるまでは、怖くてもう一度雉肉をほお張る気にはなれないようだった。

「えー……おじと僕の父は、あの、あまりうまくいかなくて、だから、僕はあまり知らなくて……」

スラグホーンが冷ややかにほほ笑んだので、ベルビィの声はだんだんか細くなった。スラグホーンは次にマクラーゲンに話しかけた。

「さて、コーマック、**君のこと**だが」スラグホーンが言った。

「君がおじさんのチベリウスとよく会っているのを、わたしはたまたま知っているんだがね。何しろ、彼は、君とノグテイル狩に行ったときのすばらしい写真をお持ちだ。ノーフォーク州、だったかな？」

「ああ、ええ、楽しかったです。あれは」マクラーゲンが言った。

「バーティ・ヒッグズやルーファス・スクリムジョールと一緒でした――もちろん、あの人が大臣になる前でしたけれど――」

「ああ、バーティやルーファスも知っておるのかね？」

スラグホーンがニッコリして、今度は小さな盆にのったパイをすすめはじめたが、なぜかベルビィは抜かされた。

「さあ、話してくれないか……」

ハリーの思ったとおりだった。ここに招かれた客は、誰か有名人か有力者とつながりがある――ジニーを除いて、全員がそうだ。

マクラーゲンの次に尋問されたザビニは、有名な美人の魔女を母に持っているらしい（母親は七回結婚し、どの夫もそれぞれ推理小説のような死に方をして、妻に金貨の山を残したということを、ハリーは何とか理解できた）。

次はネビルの番だった。どうにも居心地のよくない十分だった。何しろ、有名な闇祓いだったネビルの両親は、ベラトリックス・レストレンジとほかの二人の死喰い人たちに、正気を失うまで拷問されたのだ。ネビルを面接した結果、ハリーの印象では、両親の何らかの才能を受け継いでいるかどうかについて、スラグホーンは結論を保留したようだった。

「さあ、今度は」

スラグホーンは、一番人気の出し物を紹介する司会者の雰囲気で、大きな図体の向きを変えた。

「ハリー・ポッター！　いったい何から始めようかね？　夏休みに会ったときは、ほんの表面をなでただけ、そういうような感じでしたな！」

スラグホーンは、ハリーが、脂の乗った特別大きな雉肉でもあるかのように眺め回し、それから口を開いた。

「『選ばれし者』。今、君はそう呼ばれている！」

ハリーは何も言わなかった。ベルビィ、マクラーゲン、ザビニの三人もハリーを見つめている。

「もちろん」

スラグホーンは、ハリーをじっと見ながら話し続けた。

「もう何年もうわさはあった……わたしは覚えておるよ、あの――それ――あの恐ろしい夜のあと――リリーも――ジェームズも――そして君は生き残った――そして、うわさが流れた。君がきっと、尋常ならざる力を持っているにちがい――」

ザビニがコホンと咳をした。明らかに「それはどうかな」とからかっていた。スラグホーンの背後から突然、怒りの声が上がった。

「そうでしょうよ、ザビニ。あなたはとっても才能があるものね……格好をつけるっていう才能……」

「おや、おや！」

スラグホーンはジニーを振り返って心地よさそうにクスクス笑った。ジニーの視線がスラグホーンの巨大な腹を乗り越えて、ザビニをにらみつけていた。

「ブレーズ、気をつけたほうがいい！　こちらのお嬢さんがいる車両を通り過ぎるときに、ちょうど見えたんですよ。それは見事な『コウモリ鼻糞の呪い』をかけるところがね！　わたしなら彼女には逆らわないね！」

ザビニは、フンという顔をしただけだった。

「とにかく」

スラグホーンはハリーに向きなおった。

「この夏はいろいろとうわさがあった。もちろん、何を信じるべきかはわからんがね。『日刊予言者』は不正確なことを書いたり、まちがいを犯したことがある——しかし、証人が多かったことからしても、疑いの余地はないと思われるが、魔法省で相当の騒ぎがあったし、君はその真っただ中にいた！」

言い逃れるとしたら完全にうそをつくしかないと思い、ハリーはうなずいただけでだまり続けた。スラグホーンはハリーにニッコリ笑いかけた。

「慎み深い、実に慎み深い。ダンブルドアが気に入っているだけのことはある——それでは、やはりあの場にいたわけだね？　しかし、そのほかの話は——あまりにも、もちろん扇情的で、何を信じるべきかわからないというわけだ——たとえば、あの伝説的予言だが——」

「僕たち予言を聞いてません」

ネビルが、ゼラニウムのようなピンク色になりながら言った。

「そうよ」ジニーががっちりそれを支持した。

「ネビルも私もそこにいたわ。『選ばれし者』なんてバカバカしい話は、『日刊予言者』の、いつものでっち上げよ」

「君たち二人もあの場にいたのかね？」

スラグホーンは興味津々で、ジニーとネビルを交互に見た。しかし、うながすようにほほ笑むスラグホーンを前にして、二人は貝のように口をつぐんでいた。

「そうか……まあ……『日刊予言者新聞』は、もちろん、往々にして記事を大げさにする……」

スラグホーンはちょっとがっかりしたような調子で話し続けた。

「あのグウェノグが私に話してくれたことだが――そう、もちろん、グウェノグ・ジョーンズだよ。ホリヘッド・ハーピーズの――」

そのあとは長々しい思い出話にそれていったが、スラグホーンがまだ自分を無罪放免にしたわけでもなく、ネビルやジニーの話に納得しているわけでもないと、ハリーははっきりそう感じ取っていた。

スラグホーンが教えた著名な魔法使いたちの逸話で、だらだらと午後が過ぎていった。そうした教え子たちは、全員、喜んでホグワーツの「スラグ・クラブ」とかに属したという。ハリーはその場を離れたくてしかたがなかったが、失礼にならずに出る方法の見当がつかなかった。列車が何度目かの長い霧の中を通り過ぎ、真っ赤な夕陽が見えたとき、スラグホーンはやっと、薄明かりの中で目を瞬き、周りを見回した。

「なんと、もう暗くなってきた！ ランプがともったのに気づかなんだ！ みんな、もう帰ってローブに着替えたほうがいい。マクラーゲン、ノグテイルに関する例の本を借りに、そのうちわたしの所に寄りなさい。ハリー、ブレーズ――いつでもおいで。ミス、あなたもどうぞ」

スラグホーンはジニーに向かって、にこやかに目をキラキラさせた。

「さあ、お帰り、お帰り！」

ザビニは、ハリーを押しのけて暗い通路に出ながら、意地の悪い目つきでハリーを見た。ハリーはそれにおまけをつけてにらみ返した。ハリーはザビニのあとを、ジニー、ネビルと一緒に歩いた。

「終わってよかった」ネビルがつぶやいた。「変な人だね？」

「ああ、ちょっとね」

ハリーは、ザビニから目を離さずに言った。

「ジニー、どうしてあそこに来るはめになったの？」

「ザカリアス・スミスに呪いをかけてるところを見られたの」ジニーが言った。

「DAにいたあのハッフルパフ生のバカ、覚えてるでしょう？　魔法省で何があったかって、しつっこく私に聞いて、最後にはほんとにうるさくなったから、呪いをかけてやった——そのときスラグホーンが入ってきたから、罰則を食らうかと思ったんだけど、すごくいい呪いだと思っただけなんだって。それでランチに招かれたってわけ！　バッカバカしいよね？」

「母親が有名だからって招かれるより、まともな理由だよ」

ザビニの後頭部をにらみつけながら、ハリーが言った。

「それとか、おじさんのせいで——」

ハリーはそこでだまり込んだ。突然ひらめいた考えは、無鉄砲だが、うまくいけばすばらしい……もうすぐザビニは、スリザリンの六年生がいるコンパートメントに入っていく。マルフォイがそこにいるはずだ。スリザリンの仲間以外には誰にも話を聞かれないと思っているだろう……もしそこに、ザビニのあとから姿を見られずに入り込むことができれば、どんな秘密でも見聞きできるのではないか？　たしかに旅はもう残り少ない——車窓を飛び過ぎる荒涼たる風景から考えて、ホグズミード駅はあと三十分と離れていないだろう——しかし、どうやら自分以外には、この疑いを真剣に受け止めてくれる人がいないようだ。となれば、自分で証明するしかない。

「二人とも、あとで会おう」

ハリーは声をひそめてそう言うと、透明マントを取り出してサッとかぶった。

「でも、何を――?」ネビルが聞いた。

「あとで!」

ハリーはそうささやくなり、ザビニを追ってできるだけ音を立てないように急いだ。もっとも、汽車のガタゴトいう音でそんな気づかいはほとんど無用だった。

通路は今やからっぽと言えるほどだった。生徒たちはほとんど全員、学校用のローブに着替えて荷物をまとめるために、それぞれの車両に戻っていた。ハリーはザビニに触れないぎりぎりの範囲で密着していたが、ザビニがコンパートメントのドアを開けるのを見計らってすべり込むのには間に合わなかった。ザビニがドアを閉め切る寸前に、ハリーはあわてて片足を突き出してドアを止めた。

「どうなってるんだ?」

ザビニはかんしゃくを起こして、何度もドアを閉めようと横に引き、ハリーの足にぶっつけた。

ハリーはドアをつかんで力いっぱい押し開けた。ザビニは取っ手をつかんだままだったので、横っ飛びにグレゴリー・ゴイルのひざに倒れた。ハリーはどさくさに紛れてコンパートメントに飛び込み、空席になっていたザビニの席に飛び上がり、荷物棚によじ登った。

ゴイルとザビニが歯をむき出してうなり合い、みんなの目がそっちに向いていたのは幸いだった。「マント」がはためいたとき、まちがいなくくるぶしから先がむき出しになったと感じたからだ。上のほうに消えていくスニーカーを、マルフォイがたしかに目で追っていたような気がして、ハリーは一瞬ヒヤリとした。

やがてゴイルがドアをピシャリと閉め、ザビニをひざから振り落とした。ザビニはくしゃくしゃになって自分の席に座り込んだ。ビンセント・クラッブはまた漫画を読みだし、マルフォイは鼻で笑いながらパンジー・パーキンソンのひざに頭をのせて、二つ占領した席に横になった。ハリーは、一寸たりとも「マント」から体がはみ出さないよう窮屈に体を丸めて、パンジー・パーキンソンが、マルフォイの額にかかるなめらかなブロンドの髪をなでるのを眺めていた。パンジーは、こんなにうらやましい立場はないだろうと言わんばかりに、得意げな笑みを浮かべていた。車両の天井で揺れるランタンがこの光景を明るく照らし出し、ハリーは真下でクラッブが読んでいる漫画の、一字一句を読み取ることができた。

「それで、ザビニ」マルフォイが言った。

「スラグホーンは何がねらいだったんだ？」

「いいコネを持っている連中に取り入ろうとしただけさ」

まだゴイルをにらみつけながら、ザビニが言った。

「大勢見つかったわけではないけどね」

マルフォイはこれを聞いて、おもしろくない様子だった。

「ほかには誰が招かれた？」マルフォイが問いただした。

「グリフィンドールのマクラーゲン」ザビニが言った。

「ああ、そうだ。あいつのおじは魔法省で顔がきく」マルフォイが言った。

「――ベルビィとかいうやつ。レイブンクローの――」

「まさか、あいつはまぬけよ！」パンジーが言った。

「――あとはロングボトム、ポッター、それからウィーズリーの女の子」

ザビニが話し終えた。

マルフォイがパンジーの手を払いのけて、突然起き上がった。

「ロングボトムを招いたって？」

「ああ、そういうことになるな。ロングボトムがあの場にいたからね」

ザビニは投げやりに言った。

「スラグホーンが、ロングボトムのどこに関心があるっていうんだ？」

ザビニは肩をすくめた。

「ポッター、尊いポッターか。『選ばれし者』を一目見てみたかったのは明らかだな」

マルフォイが嘲笑った。

「しかし、ウィーズリーの女の子とはね！　あいつのどこがそんなに特別なんだ？」

「男の子に人気があるわ」

パンジーは、横目でマルフォイの反応を見ながら言った。

「あなたでさえ、ブレーズ、あの子が美人だと思ってるでしょう？　しかも、あなたのおめがねにかなうのはとっても難しいって、みんな知ってるわ！」

「顔がどうだろうと、あいつみたいに血を裏切る穢れた小娘に手を出すものか」

ザビニが冷たく言った。パンジーはうれしそうな顔をした。マルフォイはまたそのひざに頭をのせ、パンジーが髪をなでるがままにさせた。

「まあ、僕はスラグホーンの趣味を哀れむね。少しぼけてきたのかもしれないな。残念だ。父上はいつも、あの人が盛んなときにはいい魔法使いだったとおっしゃっていた。父上は、あの人にちょっと気に入られていたんだ。スラグホーンは、たぶん僕がこの汽車に乗っていることを聞いていなかったのだろう。そうでなければ――」

「僕なら、招待されようなんて期待は持たないだろうな」ザビニが言った。

「僕が一番早く到着したんだが、その時スラグホーンにノットの父親のことを聞かれた。どうやら旧知の仲だったらしい。しかし、彼は魔法省で逮捕されたと言ってやったら、スラグホーンはあまりいい顔をしなかった。ノットも招かれていなかっただろう？　スラグホーンは死喰い人には関心がないのだろうと思うよ」

　マルフォイは腹を立てた様子だったが、無理に、妙にしらけた笑い方をした。

「まあ、あいつが何に関心があろうと、知ったこっちゃない。結局のところ、あいつが何だっていうんだ？　たかがまぬけな教師じゃないか」

　マルフォイがこれ見よがしのあくびをした。

「つまり、来年、僕はホグワーツになんかいないかもしれないのに、薹の立った太っちょの老いぼれが、僕のことを好きだろうとなんだろうと、どうでもいいことだろう？」

「来年はホグワーツにいないかもしれないって、どういうこと？」

　パンジーが、マルフォイの毛づくろいをしていた手をとたんに止めて、憤慨したように言った。

「まあ、先のことはわからないだろう？」

マルフォイがわずかにニヒルな笑いを浮かべて言った。

「僕は――あー――もっと次元の高い大きなことをしているかもしれない」

荷物棚で、「マント」に隠れてうずくまりながら、ハリーの心臓の鼓動が早くなった。ロンやハーマイオニーが聞いたら何と言うだろう？　クラッブとゴイルはポカンとしてマルフォイを見つめていた。次元の高い大きなことがどういう計画なのか、さっぱり見当がつかないらしい。ザビニでさえ、高慢な風貌がそこなわれるほどあからさまな好奇心をのぞかせていた。パンジーは言葉を失ったように、再びマルフォイの髪をのろのろとなではじめた。

「もしかして――『あの人』のこと？」

マルフォイは肩をすくめた。

「母上は僕が卒業することをお望みだが、僕としては、このごろそれがあまり重要だとは思えなくてね。つまり、考えてみると……闇の帝王が支配なさるとき、O・W・LやN・E・W・Tが何科目なんて、『あの人』が気になさるか？　もちろん、そんなことは問題じゃない……『あの人』のためにどのように奉仕し、どのような献身ぶりを示してきたかだけが重要だ」

「それで、君が『あの人』のために何かできると思っているのか？」

ザビニが容赦なく追及した。

「十六歳で、しかもまだ完全な資格もないのに？」

「たった今、言わなかったか？『あの人』はたぶん、僕に資格があるかどうかなんて気にならない。僕にさせたい仕事は、たぶん資格なんて必要ないものかもしれない」

マルフォイが静かに言った。

クラッブとゴイルは、二人とも怪獣像よろしく口を開けて座っていた。パンジーは、こんなに神々しいものは見たことがないという顔で、マルフォイをじっと見下ろしていた。

「ホグワーツが見える」

自分が作り出した効果をじっくり味わいながら、マルフォイは暗くなった車窓を指差した。

「ローブを着たほうがいい」

ハリーはマルフォイを見つめるのに気を取られ、ゴイルがトランクに手を伸ばしたのに気づかなかった。ゴイルがトランクを振り回して棚から下ろす拍子に、ハリーの頭の横にゴツンと当たり、ハリーは思わず声をもらした。マルフォイが顔をしかめて荷物棚を見上げた。

ハリーはマルフォイが怖いわけではなかったが、仲のよくないスリザリン生たちに、透明マントに隠れているところを見つかってしまうのは気に入らなかった。目はうるみ、頭はズキズキ痛んでいたが、ハリーは「マント」を乱さないように注意しながら杖を取り出し、息をひそめて待った。マルフォイは、結局空耳だったと思いなおしたらしく、ハリーはホッとした。マルフォイは、ほかのみんなと一緒にローブを着て、トランクの鍵をかけ、汽車が速度を落としてガタン、ガタンと徐行を始めると、厚手の新しい旅行マントのひもを首の所で結んだ。

ハリーは通路がまた人で混み合ってくるのを見ながら、ハーマイオニーとロンが自分の荷物をかわりにプラットホームに降ろしてくれればいいが、と願っていた。このコンパートメントがすっかり空になるまで、ハリーはこの場から動けない。

最後に大きくガタンと揺れ、列車は完全に停止した。ゴイルがドアをバンと開け、二年生の群れをげんこつで押しのけながら、強引に出ていった。クラッブとザビニがそれに続いた。

「先に行け」

マルフォイに握ってほしそうに手を伸ばして待っているパンジーに、マルフォイが言った。

「ちょっと調べたいことがある」

パンジーがいなくなった。コンパートメントには、ハリーとマルフォイだけだった。生徒たちは列をなして通り過ぎ、暗いプラットホームに降りていった。マルフォイはコンパートメントのドアの所に行き、ブラインドを下ろし、通路側からのぞかれないようにした。それからトランクの上にかがんで、いったん閉じたふたをまた開けた。

ハリーは荷物棚の端からのぞき込んだ。心臓の鼓動が少し速くなった。パンジーからマルフォイが隠したい物は何だろう？　修理がそれほど大切だという、あの謎の品物が見えるのだろうか？

「ペトリフィカス　トタルス！　石になれ！」

マルフォイが不意を突いてハリーに杖を向け、ハリーはたちまち金縛りにあった。スローモーションのように、ハリーは荷物棚から転げ落ち、床を震わせるほどの痛々しい衝撃とともにマルフォイの足元に落下した。透明マントは体の下敷きになり、脚をエビのように丸めてうずくまったままの滑稽な格好で、ハリーの全身が現れた。筋肉の一筋も動かせない。ニンマリほくそ笑んでいるマルフォイを下からじっと見つめるばかりだった。

「やはりそうか」マルフォイが酔いしれたように言った。「ゴイルのトランクがおまえにぶつかったのが聞こえた。それに、ザビニが戻ってきたとき、何か白い物が一瞬、空中に光るのを見たような気がした……」

マルフォイはハリーのスニーカーにしばらく目をとめていた。

「ザビニが戻ってきたときにドアをブロックしたのは、おまえだったんだな？」

マルフォイは、どうしてやろうかとばかり、しばらくハリーを眺めていた。

「ポッター、おまえは、僕が聞かれて困るようなことを、何も聞いちゃいない。しかし、せっかくここにおまえがいるうちに……」

そしてマルフォイは、ハリーの顔を思いきり踏みつけた。ハリーは鼻が折れるのを感じた。そこら中に血が飛び散った。

「今のは僕の父上からだ。さてと……」

マルフォイは動けないハリーの体の下から「マント」を引っぱり出し、ハリーを覆った。

「汽車がロンドンに戻るまで、誰もおまえを見つけられないだろうよ」

マルフォイが低い声で言った。

「また会おう、ポッター……それとも会わないかな」

そして、わざとハリーの指を踏みつけ、マルフォイはコンパートメントを出ていった。

第8章　勝ち誇るスネイプ

ハリーは筋一本動かせなかった。透明マントの下で、鼻から流れるどろりとした生温かい血がほおを伝うのを感じながら、通路の人声や足音を聞いていた。汽車が再び発車する前に、必ず誰かがコンパートメントをチェックするのではないか？　初めはそう考えた。しかし、たとえ誰かがコンパートメントをのぞいても、姿は見えないだろうし、ハリーは声も出ない。すぐにそう気づいて、ハリーは落胆した。せいぜい、誰かが中に入ってきて、ハリーを踏みつけてくれるのを望むほかない。

ひっくり返されて、滑稽な姿をさらす亀のように転がり、開いたままの口に流れ込む鼻血に吐き気をもよおしながら、ハリーはこの時ほどマルフォイが憎いと思ったことはなかった。何というバカバカしい状況におちいってしまったのだろう……そして、今、最後の足音が消え去っていく。みんなが暗いプラットホームをぞろぞろ歩いている。トランクを引きずる音、ガヤガヤという大きな話し声が聞こえた。

ロンやハーマイオニーは、ハリーがとうに一人で列車を降りてしまったと思うだろう。ホグワーツに到着して大広間の席に着いてから、グリフィンドールのテーブルをあちこち見回して、やっとハリーがいないことに気づくだろう。ハリーのほうは、そのころにはまちがいなく、ロンドンへの道のりの半分を戻ってしまっているだろう。

ハリーは何か音を出そうとした。うめき声でもいい。しかし不可能だった。その時、ダンブルドアのような魔法使いの何人かは、声を出さずに呪文がかけられることを思い出した。そして、手から落ちてしまった杖を「呼び寄せ」ようと、「アクシオ！　杖よ来い！」と頭の中で何度も何度も唱えたが、何事も起こらなかった。

湖を取り囲む木々がサラサラと触れ合う音や、遠くでホーと鳴くふくろうの声が聞こえたような気がした。しかし、捜索が行われている気配はまったくない。しかも（そんなことを期待する自分が少しいやになったが）、ハリー・ポッターはどこに消えてしまったのだろうと、大騒ぎする声も聞こえない。セストラルのひく馬車の隊列がガタゴトと学校に向かう姿や、マルフォイがそのどれかの馬車かに乗って、仲間のスリザリン生にハリーをやっつけた話をし、その馬車から押し殺したような笑い声が聞こえる情景を想像すると、ハリーの胸に絶望感が広がっていった。

汽車がガタンと揺れ、ハリーは転がって横向きになった。天井のかわりに、今度はほこりだらけの座席の下を、ハリーは見つめていた。エンジンがうなりを上げて息を吹き返し、床が振動しはじめた。ホグワーツ特急が発車する。そして、ハリーがまだ乗っていることを誰も知らない……。

その時、透明マントが勢いよくはがされるのを感じ、頭上で声がした。

「よっ、ハリー」

赤い光がひらめき、ハリーの体が解凍した。少しは体裁のよい姿勢で座れるようになったし、傷ついた顔から鼻血を手の甲でサッとぬぐうこともできた。顔を上げると、トンクスだった。今はがしたばかりの透明マントを持っている。

「ここを出なくちゃ。早く」

列車の窓が水蒸気で曇り、汽車はまさに駅を離れようとしていた。

「さあ、飛び降りよう」

トンクスのあとから、ハリーは急いで通路に出た。トンクスはデッキのドアを開け、プラットホームに飛び降りた。汽車は速度を上げはじめ、ホームが足元を流れるように見えた。ハリーもトンクスに続いた。着地でよろめき、体勢を立てなおしたときには、紅に光る機関車はさらにスピードを増し、やがて角を曲がって見えなくなった。

ずきずき痛む鼻に、冷たい夜気がやさしかった。トンクスがハリーを見つめていた。あんな滑稽な格好で発見されたことで、ハリーは腹が立ったし、恥ずかしかった。トンクスはだまって透明マントを返した。

「誰にやられた？」

「ドラコ・マルフォイ」ハリーが悔しげに言った。「ありがとう……あの……」

「いいんだよ」

トンクスがにこりともせずに言った。暗い中で見るトンクスは、「隠れ穴」で会ったときと同じくすんだ茶色の髪で、みじめな表情をしていた。

「じっと立っててくれれば、鼻を治してあげられるよ」

ご遠慮申し上げたい、とハリーは思った。校医のマダム・ポンフリーの所へ行くつもりだった。癒術の呪文にかけては、校医のほうがやや信頼できる。しかしそんなことを言うのは失礼だと思い、ハリーは目をつむってじっと動かずに立っていた。

「エピスキー！　鼻血癒えよ！」トンクスが唱えた。

鼻がとても熱くなり、それからとても冷たくなった。ハリーは恐る恐る鼻に手をやった。どうやら治っている。

「どうもありがとう！」

「『マント』を着たほうがいい。学校まで歩いていこう」

トンクスが相変わらずニコリともせずに言った。ハリーが再び「マント」をかぶると、トンクスが杖を振った。杖先からとても大きな銀色の獣が現れ、暗闇を矢のように走り去った。

「今のは『守護霊』だったの？」

ハリーは、ダンブルドアが同じような方法で伝言を送るのを見たことがあった。

「そう。君を保護したと城に伝言した。そうしないと、みんなが心配する。行こう。ぐずぐずしてはいられない」

二人は学校への道を歩きはじめた。

「どうやって僕を見つけたの？」

「君が列車から降りていないことに気づいたし、君が『マント』を持っていることも知っていた。何か理由があって隠れているのかもしれないと考えた。あのコンパートメントにブラインドが下りているのを見て、調べてみようと思ったんだ」

「でも、そもそもここで何をしているの？」ハリーが聞いた。

「わたしは今、ホグズミードに配置されているんだ。学校の警備を補強するために」

トンクスが言った。

「ここに配置されているのは、君だけなの？　それとも――」

「プラウドフット、サベッジ、それにドーリッシュもここにいる」

「ドーリッシュって、先学期ダンブルドアがやっつけたあの闇祓い？」

「そう」

今しがた馬車が通ったばかりのわだちの跡をたどりながら、二人は暗く人気のない道を黙々と歩いた。「マント」に隠れたまま、ハリーは横のトンクスを見た。

去年、トンクスは聞きたがり屋だったし（時には、うるさいと思うぐらいだった）、よく笑い、冗談を飛ばした。今のトンクスは老けたように見えたし、まじめで決然としていた。これが魔法省で起こったことの影響なのだろうか？　ハーマイオニーなら、シリウスのことでトンクスになぐさめの言葉をかけなさい、トンクスのせいではないと言いなさいとうながすだろうな――ハリーは気まずい思いでそう考えたが、どうしても言い出せなかった。シリウスが死んだことで、トンクスを責める気はさらさらなかった。トンクスの責任でもなければ誰の責任でもない（むしろ自分の責任だ）。でも、できればシリウスのことは話したくなかった。

二人はだまったまま、寒い夜を、ただてくてく歩いた。トンクスの長いマントが、二人の背後でささやくように地面をこすっていた。

いつも馬車で移動していたので、ホグワーツがホグズミード駅からこんなに遠いとは、これまで気づかなかった。やっと門柱が見えたときには、ハリーは心からホッとした。

門の両脇に立つ高い門柱の上には、羽の生えたイノシシがのっている。寒くて腹ペコだったし、別人のように陰気なトンクスとは早く別れたいとハリーは思った。ところが門を押し開けようと手を出すと、鎖がかけられて閉まっていた。

「アロホモラ！」

杖をかんぬきに向け、ハリーは自信を持って唱えたが、何も起こらない。

「そんなもの通じないよ」トンクスが言った。「ダンブルドア自身が魔法をかけたんだ」

ハリーはあたりを見回した。

「僕、城壁をよじ登れるかもしれない」ハリーが提案した。

「いいや、できないはずだ」トンクスが、にべもなく言った。「『侵入者よけ呪文』がいたる所にかけられている。夏の間に警備措置が百倍も強化された」

「それじゃ」

トンクスが助けてもくれないので、ハリーはいらいらしはじめた。

「ここで野宿して朝を待つしかないということか」

「誰かが君を迎えにくる」トンクスが言った。

「ほら」

遠く、城の下のほうで、ランタンの灯りが上下に揺れていた。うれしさのあまり、ハリーは、この際フィルチだってかまうものかと思った。ゼイゼイ声でハリーの遅刻を責めようが、親指じめの拷問を定期的に受ければ時間を守れるようになるだろうとわめこうが、がまんできる。黄色の灯りが二、三メートル先に近づき、姿を現すために透明マントを脱いだとき、初めてハリーは、相手が誰かに気づいた。そして、混じりけなしの憎しみが押し寄せてきた。灯りに照らし出されて、鉤鼻にべっとりとした黒い長髪のセブルス・スネイプが立っていた。

「さて、さて、さて」

意地悪く笑いながら、スネイプは杖を取り出してかんぬきを一度たたいた。鎖がくねくねとそり返り、門がきしみながら開いた。

「ポッター、出頭するとは感心だ。ただし、制服のローブを着ると、せっかくの容姿をそこなうと考えたようだが」

「着替えられなかったんです。手元に持ってなくて――」

ハリーは話しはじめたが、スネイプがさえぎった。

「ニンファドーラ、待つ必要はない。ポッターは我輩の手中で、きわめて――あー――安全だ」

「わたしは、ハグリッドに伝言を送ったつもりだった」トンクスが顔をしかめた。

「ハグリッドは、新学年の宴会に遅刻した。このポッターと同じようにな。かわりに我輩が受け取った。ところで」

スネイプは一歩下がってハリーを中に入れながら言った。

「君の新しい守護霊は興味深い」

スネイプはトンクスの鼻先で、ガランと大きな音を立てて扉を閉めた。スネイプが再び杖で鎖をたたくと、鎖はガチャガチャ音を立てながらすべるように元に戻った。

「我輩は、昔のやつのほうがいいように思うが」

スネイプの声には、紛れもなく悪意がこもっていた。

「新しいやつは弱々しく見える」

スネイプがぐるりとランタンの向きを変えたその時、トンクスの顔に、怒りと衝撃の色が浮かんでいるのを、ハリーはちらりと見た。次の瞬間、トンクスの姿は再び闇に包まれた。

「おやすみなさい」

スネイプとともに学校に向かって歩きだしながら、ハリーは振り返って呼びかけた。

「ありがとう……いろいろ」

「またね、ハリー」

一分かそこら、スネイプは口をきかなかった。ハリーは、自分の体から憎しみが波のように発散するのを感じた。スネイプの体を焼くほど強い波なのに、スネイプが何も感じていないのは信じられなかった。初めて出会ったときから、ハリーはスネイプを憎悪していた。しかし、スネイプがシリウスに対して取った態度のせいで、今やスネイプは、ハリーにとって絶対に、そして永久に許すことができない存在になっていた。

ハリーはこの夏の間にじっくり考えたし、ダンブルドアが何と言おうと、すでに結論を出していた。スネイプは、騎士団のほかのメンバーがヴォルデモートと戦っているときに、シリウスがのうのうと隠れていたと言った。おそらく、悪意に満ちたスネイプの言葉の数々が強い引き金になって、あの夜、シリウスが死んだあの夜、シリウスは向こう見ずにも魔法省に出かけたのだ。

ハリーはこの考えにしがみついていた。そうすればスネイプを責めることができるし、責めることで満足できたからだ。それに、シリウスの死を悲しまないやつがいるとすれば、それは、今ハリーと並んで暗闇の中をずんずん歩いていく、この男だ。

「遅刻でグリフィンドール五十点減点だな」スネイプが言った。

「さらに、フーム、マグルの服装のせいで、さらに二十点減点。まあ、新学期に入ってこれほど早期にマイナス得点になった寮はなかったろうな――まだデザートも出ていないのに。記録を打ち立てたかもしれんな、ポッター」

腸が煮えくり返り、白熱した怒りと憎しみが炎となって燃え上がりそうだった。しかし、遅れた理由をスネイプに話すくらいなら、身動きできないままロンドンに戻るほうがまだましだ。

「たぶん、衝撃の登場をしたかったのだろうねえ？」スネイプがしゃべり続けた。

「空飛ぶ車がない以上、宴の途中で大広間に乱入すれば、劇的な効果があるにちがいないと判断したのだろう」

ハリーはそれでもだまったままだったが、胸中は爆発寸前だった。スネイプがハリーを迎えにこなければならなかったのはこのためだと、ハリーにはわかっていた。ほかの誰にも聞かれることなく、ハリーをチクチクとさいなむことができるこの数分間のためだ。

二人はやっと城の階段にたどり着いた。がっしりした樫の扉が左右に開き、板石を敷き詰めた広大な玄関ホールが現れると、大広間に向かって開かれた扉を通して、はじけるような笑い声や話し声、食器やグラスが触れ合う音が二人を迎えた。ハリーは透明マントをまたかぶれないだろうかと思った。そうすれば誰にも気づかれずにグリフィンドールの長テーブルに座れる（都合の悪いことに、グリフィンドールのテーブルは玄関ホールから一番遠くにある）。

しかし、ハリーの心を読んだかのようにスネイプが言った。

「『マント』は、なしだ。全員が君を見られるように、歩いていきたまえ。それがお望みだったと存ずるがね」

ハリーは即座にくるりと向きを変え、開いている扉にまっすぐ突き進んだ。スネイプから離れるためなら何でもする。長テーブル四卓と一番奥に教職員テーブルが置かれた大広間は、いつものように飾りつけられていた。ろうそくが宙に浮かび、その下の食器類をキラキラ輝かせている。しかし、急ぎ足で歩いているハリーには、すべてがぼやけた光の点滅にしか見えなかった。あまりの速さに、ハッフルパフ生がハリーを見つめはじめるころにはもうそのテーブルを通り過ぎ、よく見ようと生徒たちが立ち上がったときにはもう、ロンとハーマイオニーを見つけ、ベンチ沿いに飛ぶように移動して、二人の間に割り込んでいた。

「どこにいたん――何だい、その顔はどうしたんだ？」

ロンは周りの生徒たちと一緒になってハリーをじろじろ見ながら言った。

「なんで？　どこか変か？」

ハリーはガバッとスプーンをつかみ、そこにゆがんで映っている自分の顔を、目を細くして見た。

「血だらけじゃない！」ハーマイオニーが言った。「こっちに来て――」

ハーマイオニーは杖を上げて、「テルジオ！　ぬぐえ！」と唱え、血のりを吸い取った。

「ありがと」

ハリーは顔に手を触れて、きれいになったのを感じながら言った。

「鼻はどんな感じ？」

「普通よ」ハーマイオニーが心配そうに言った。

「あたりまえでしょう？　ハリー、何があったの？　死ぬほど心配したわ！」

「あとで話すよ」ハリーはそっけなく言った。

ジニー、ネビル、ディーン、シェーマスが聞き耳を立てているのに、ちゃんと気づいていたのだ。グリフィンドールのゴーストの「ほとんど首無しニック」まで、盗み聞きしようと、テーブルに沿ってふわふわ漂っていた。

「でも――」ハーマイオニーが言いかけた。

「今はだめだ、ハーマイオニー」

ハリーは、意味ありげな暗い声で言った。ハリーが何か勇ましいことに巻き込まれたと、みんなが想像してくれればいいと願った。できれば死喰い人二人に吸魂鬼一人ぐらいが関わったと思ってもらえるといい。もちろん、マルフォイは、話をできるかぎり吹聴しようとするだろうが、グリフィンドール生の間にはそれほど伝わらない可能性だってある。

ハリーはロンの前に手を伸ばして、チキンのもも肉を二、三本とポテトチップを一つかみ取ろうとしたが、取る前に全部消えて、かわりにデザートが出てきた。

「とにかくあなたは、組分け儀式も逃してしまったしね」

ロンが大きなチョコレートケーキに飛びつくそばで、ハーマイオニーが言った。

「帽子は何かおもしろいこと言った？」糖蜜タルトを取りながら、ハリーが聞いた。

「同じことのくり返し、ええ……敵に立ち向かうのに全員が結束しなさいって」

「ダンブルドアは、ヴォルデモートのことを何か言った？」

「まだよ。でも、ちゃんとしたスピーチは、いつもごちそうのあとまで取っておくでしょう？もうまもなくだと思うわ」

「スネイプが言ってたけど、ハグリッドが宴会に遅れてきたとか――」

「スネイプに会ったって？　どうして？」

ケーキをパクつくのに大忙しの合間を縫って、ロンが言った。

「偶然、出くわしたんだ」ハリーは言い逃れた。

「ハグリッドは数分しか遅れなかったわ」ハーマイオニーが言った。

「ほら、ハリー、あなたに手を振ってるわよ」

ハリーは教職員テーブルを見上げ、まさにハリーに手を振っていたハグリッドに向かってニヤッとした。ハグリッドは、マクゴナガル先生のような威厳ある振る舞いができたためしがない。ハグリッドの隣に座っているグリフィンドール寮監のマクゴナガル先生は、頭のてっぺんがハグリッドのひじと肩の中間あたりまでしか届いていない。そのマクゴナガル先生が、ハグリッドの熱狂的な挨拶をとがめるような顔をしていた。驚いたことに、ハグリッドを挟んで反対側の席に、占い学のトレローニー先生が座っていた。北塔にある自分の部屋をめったに離れたことがないこの先生を、新学年の宴会で見かけたのは初めてだった。相変わらず奇妙な格好だ。ビーズをキラキラさせ、ショールを何枚かだらりとかけ、めがねで両眼が巨大に拡大されている。トレローニーはいかさまくさいと、ずっとそう思っていたハリーにとって、先学期の終わりの出来事は衝撃的だった。ヴォルデモートがハリーの両親を殺し、ハリーをも襲う原因となった予言の主は、このトレローニーだとわかったのだ。そう知ってしまうと、ますますそばにはいたくなかった。ありがたいことに、今学年は占い学を取らないことになるだろう。標識灯のような大きな目がハリーの方向にぐるりと回ってきた。ハリーはあわてて目をそらし、スリザリンのテーブルを見た。ドラコ・マルフォイが、鼻をへし折られるまねをしてみんなを大笑いさせ、やんやの喝采を受けていた。ハリーはまたしても腸が煮えくり返り、下を向いて糖蜜タルトを見つめた。一対一でマルフォイと戦えるなら、すべてをなげうってもいい……。

「それで、スラグホーン先生は何がお望みだったの？」ハーマイオニーが聞いた。

「魔法省で、ほんとは何が起こったかを知ること」ハリーが言った。

「先生も、ここにいるみんなも同じだわ」ハーマイオニーがフンと鼻を鳴らした。

「列車の中でも、みんなにそのことを問い詰められたわよね？　ロン？」

「ああ」ロンが言った。

「君がほんとに『選ばれし者』なのかどうか、みんなが知りたがって――」

「まさにそのことにつきましては、ゴーストの間でさえ、さんざん話題になっております」ほとんど首無しニックがほとんどつながっていない首をハリーのほうに傾けたので、首がひだえりの上で危なっかしげにぐらぐらした。

「私はポッターの権威者のように思われております。私たちの親しさは知れ渡っていますからね。

ただし、私は霊界の者たちに、君をわずらわせてまで情報を聞き出すようなまねはしないと、はっきり宣言しております。『ハリー・ポッターは、私になら、全幅の信頼を置いて秘密を打ち明けることができると知っている』。そう言ってやりましたよ。『彼の信頼を裏切るくらいなら、むしろ死を選ぶ』とね」

「それじゃたいしたこと言ってないじゃないか。もう死んでるんだから」ロンが意見を述べた。

「またしてもあなたは、なまくら斧のごとき感受性を示される」

ほとんど首無しニックは公然たる侮辱を受けたかのようにそう言うと、宙に舞い上がり、するとグリフィンドールのテーブルの一番端に戻った。ちょうどその時、教職員テーブルのダンブルドアが立ち上がった。大広間に響いていた話し声や笑い声が、あっという間に消えた。

「みなさん、すばらしい夜じゃ！」

ダンブルドアがニッコリと笑い、大広間の全員を抱きしめるかのように両手を広げた。

「手をどうなさったのかしら？」ハーマイオニーが息をのんだ。

気づいたのはハーマイオニーだけではなかった。ダンブルドアの右手は、ダーズリー家にハリーを迎えにきた夜と同じように、死んだような黒い手だった。ささやき声が広間中をかけめぐった。ダンブルドアはその反応を正確に受け止めたが、単にほほ笑んだだけで、紫と金色のそでを振り下ろして傷を覆った。

「何も心配にはおよばぬ」ダンブルドアは気軽に言った。

「さて……新入生よ、歓迎いたしますぞ。上級生にはお帰りなさいじゃ！　今年もまた、魔法教育がびっしりと待ち受けておる……」

「夏休みにダンブルドアに会ったときも、ああいう手だった」

ハリーがハーマイオニーにささやいた。

「でも、ダンブルドアがとっくに治しているだろうと思ったのに……そうじゃなければ、マダム・ポンフリーが治したはずなのに」

「あの手はもう死んでるみたいに見えるわ」

ハーマイオニーが吐き気をもよおしたように言った。

「治らない傷というものもあるわ……昔受けた呪いとか……それに解毒剤の効かない毒薬もあるし……」

「……そして、管理人のフィルチさんからみなに伝えるようにと言われたのじゃが、ウィーズリー・ウィザード・ウィーズとかいう店で購入したいたずら用具は、すべて完全禁止じゃ」

「各寮のクィディッチ・チームに入団したい者は、例によって寮監に名前を提出すること。試合の解説者も新人を募集しておるので、同じく応募すること」

「今学年は新しい先生をお迎えしておる。スラグホーン先生じゃ」

スラグホーンが立ち上がった。はげ頭がろうそくに輝き、ベストを着た大きな腹が下のテーブルに影を落とした。

「先生は、かつてわしの同輩だった方じゃが、昔教えておられた『魔法薬学』の教師として復帰なさることにご同意いただいた」

「魔法薬？」

「魔法薬？」

聞きちがえたのでは、という声が広間中のあちこちで響いた。

「魔法薬？」ロンとハーマイオニーが、ハリーを振り向いて同時に言った。

「だってハリーが言ってたのは――」

「ところでスネイプ先生は」

ダンブルドアは不審そうなガヤガヤ声にかき消されないよう、声を上げて言った。

「『闇の魔術に対する防衛術』の後任の教師となられる」

「**そんな！**」

あまり大きい声を出したので、多くの人がハリーのほうを見たが、ハリーは意に介さず、カンカンになって教職員テーブルをにらみつけた。どうして今になって、スネイプが「闇の魔術に対する防衛術」に着任するんだ？　ダンブルドアが信用していないからスネイプはその職に就けないというのは、周知のことじゃなかったのか？

「だって、ハリー、あなたは、スラグホーンが『闇の魔術に対する防衛術』を教えるって言ったじゃない！」ハーマイオニーが言った。

「そうだと思ったんだ！」

ハリーは、ダンブルドアがいつそう言ったのかを必死で思い出そうとした。しかし考えてみると、スラグホーンが何を教えるかを、ダンブルドアが話してくれたという記憶がない。

ダンブルドアの右側に座っているスネイプは、名前を言われても立ち上がりもせず、スリザリン・テーブルからの拍手に大儀そうに応えて、片手を挙げただけだった。しかしハリーは、憎んでもあまりあるスネイプの顔に、勝ち誇った表情が浮かんでいるのを、たしかに読み取った。

「まあ、一つだけいいことがある」ハリーが残酷にも言った。

「この学年の終わりまでには、スネイプはいなくなるだろう」

「どういう意味だ？」ロンが聞いた。

「あの職は呪われている。一年より長く続いたためしがない……クィレルは途中で死んだくらいだ。僕個人としては、もう一人死ぬように願をかけるよ……」

「ハリー！」ハーマイオニーはショックを受け、責めるように言った。

「今学年が終わったら、スネイプは元の『魔法薬学』に戻るだけの話かもしれない」

ロンが妥当なことを言った。

「あのスラグホーンてやつ、長く教えたがらないかもしれない。ムーディもそうだった」

ダンブルドアが咳払いした。私語していたのはハリー、ロン、ハーマイオニーだけではなかった。スネイプがついに念願を成就したというニュースに、大広間中がてんでんに会話を始めていた。

たった今どんなに衝撃的なニュースを発表したかなど、気づいていないかのように、ダンブルドアは教職員の任命についてはそれ以上何も言わなかった。しかし、ちょっと間を置き、完全に静かになるのを待って、話を続けた。

「さて、この広間におる者は誰でも知ってのとおり、ヴォルデモート卿とその従者たちが、再び跋扈し、力を強めておる」

ダンブルドアが話すにつれ、沈黙が張りつめ、研ぎ澄まされていくようだった。ハリーはマルフォイをちらりと見た。マルフォイはダンブルドアには目もくれず、まるで校長の言葉など傾聴に値しないかのように、フォークを杖で宙に浮かしていた。

「現在の状況がどんなに危険であるか、また、我々が安全に過ごすことができるよう、ホグワーツの一人一人が充分注意すべきであるということは、どれほど強調しても強調し過ぎることはない。この夏、城の魔法の防衛が強化された。いっそう強力な新しい方法で、我々は保護されておる。しかし、やはり、生徒や教職員の各々が、軽率なことをせぬように慎重を期さねばならぬ。それじゃからみなに言うておく。どんなにうんざりするようなことであろうと、先生方が生徒のみなに課す安全上の制約事項を遵守するよう――特に、決められた時間以降は、夜間、ベッドを抜け出してはならぬという規則じゃ。わしからのたっての願いじゃが、城の内外で何か不審なもの、あやしげなものに気づいたら、すぐに教職員に報告するよう。生徒諸君が、常に自分自身と互いの安全とに最大の注意を払って行動するものと信じておる」

ダンブルドアのブルーの目が生徒全体を見渡し、それからもう一度ほほ笑んだ。

「しかし今は、ベッドが待っておる。みなが望みうるかぎり最高にふかふかで暖かいベッドじゃ。みなにとって一番大切なのは、ゆっくり休んで明日からの授業に備えることじゃろう。それではおやすみの挨拶じゃ。そーれ行け、ピッピッ!」

いつもの騒音が始まった。ベンチを後ろに押しやって立ち上がった何百人もの生徒が、列をなして大広間からそれぞれの寮に向かった。一緒に大広間を出ればじろじろ見られるし、マルフォイに近づけば、鼻を踏みつけた話をくり返させるだけだ。どちらにしても急ぎたくなかったハリーは、スニーカーの靴ひもを結びなおすふりをしてぐずぐずし、グリフィンドール生の大部分をやり過ごした。ハーマイオニーは、一年生を引率するという監督生の義務をはたすために飛んでいったが、ロンはハリーと残った。

「君の鼻、ほんとはどうしたんだ？」

急いで大広間を出てゆく群れの一番後ろにつき、誰にも声が聞こえなくなったとき、ロンが聞いた。

ハリーはロンに話した。ロンが笑わなかったことが、二人の友情の絆の証しだった。

「マルフォイが、何か鼻に関係するパントマイムをやってるのを見たんだ」

ロンが暗い表情で言った。

「ああ、まあ、それは気にするな」ハリーは苦々しげに言った。

「僕がやつに見つかる前に、あいつが何を話してたかだけど……」

マルフォイの自慢話を聞いてロンが驚愕するだろうと、ハリーは期待していた。ところが、ロンはさっぱり感じないようだった。ハリーに言わせれば、ガチガチの石頭だ。

「いいか、ハリー、あいつはパーキンソンの前でいいかっこして見せただけだ……『例のあの人』が、あいつにどんな任務を与えるっていうんだ？」

「ヴォルデモートは、ホグワーツに誰かを置いておく必要はないか？　何も今度が初めてっていうわけじゃ――」

「ハリー、その名前を言わねえでほしいもんだ」

二人の背後で、とがめるような声がした。振り返るとハグリッドが首を振っていた。

「ダンブルドアはその名前で呼ぶよ」ハリーは頑として言った。

「ああ、そりゃ、それがダンブルドアちゅうもんだ。そうだろうが？」

ハグリッドが謎めいたことを言った。

「そんで、ハリー、なんで遅れた？　俺は心配しとったぞ」

「汽車の中でもたもたしてね」ハリーが言った。

「ハグリッドはどうして遅れたの？」

「グロウプと一緒でなあ」ハグリッドがうれしそうに言った。

「時間のたつのを忘れっちまった。今じゃ山ン中に新しい家があるぞ。ダンブルドアがしつらえなすった――おっきないい洞穴だ。あいつは森にいるときより幸せでな。二人で楽しくしゃべくっとったのよ」

「ほんと？」

ハリーは、意識的にロンと目を合わせないようにしながら言った。ハグリッドの父親ちがいの弟は、最後に会ったとき、樹木を根元から引っこ抜く才能のある狂暴な巨人で、言葉はたった五つの単語だけしか持たず、そのうち二つはまともに発音さえできなかった。

「ああ、そうとも。あいつはほんとに進歩した」

ハグリッドは得意げに言った。

「二人とも驚くぞ。俺はあいつを訓練して助手にしようと考えちょる」

ロンは大きくフンと言ったが、何とかごまかして、大きなくしゃみをしたように見せかけた。三人はもう樫の扉のそばまで来ていた。

「とにかく、明日会おう。昼食のすぐあとの時間だ。早めに来いや。そしたら挨拶できるぞ、バック――おっと――ウィザウィングズに！」

片腕を挙げて上機嫌でおやすみの挨拶をしながら、ハグリッドは正面扉から闇の中へと出ていった。

ハリーは、ロンと顔を見合わせた。ロンも自分と同じく気持ちが落ち込んでいるのがわかった。

「『魔法生物飼育学』を取らないんだろう？」

ロンがうなずいた。

「君もだろう？」

ハリーもうなずいた。

「それに、ハーマイオニーも」ロンが言った。「取らないよな？」

ハリーはまたうなずいた。お気に入りの生徒が、三人ともハグリッドの授業を取らないと知ったら、ハグリッドはいったい何と言うか。ハリーは考えたくもなかった。

第9章　謎のプリンス

次の日の朝食前に、ハリーとロンは談話室でハーマイオニーに会った。自分の説に支持が欲しくて、ハリーは早速、ホグワーツ特急で盗み聞きしたマルフォイの言葉を話して聞かせた。

「だけど、あいつは当然パーキンソンにかっこつけただけだよな？」

ハーマイオニーが何も言わないうちに、ロンがすばやく口を挟んだ。

「そうねえ」

ハーマイオニーがあいまいに答えた。

「わからないわ……自分を偉く見せたがるのはマルフォイらしいけど……でもそれにしてはちょっと大き過ぎるし……」

「そうだよ」

ハリーはあいづちを打ったが、それ以上は押せなかった。というのも、あまりにも大勢の生徒たちがハリーを見つめていたし、口に手を当ててヒソヒソ話をするばかりでなく、ハリーたちの会話に聞き耳を立てていたからだ。

「指差しは失礼だぞ」

三人で肖像画の穴から出ていく生徒の列に並びながら、ロンが特に細い一年生にかみついた。片手で口を覆って、ハリーのことを友達にヒソヒソ話していた男の子は、たちまち真っ赤になり、驚いた拍子に穴から転がり落ちた。ロンはニヤニヤ笑った。

「六年生になるって、いいなあ。それに、今年は自由時間があるぜ。まるまる空いている時間だ。ここに座ってのんびりしてればいい」

「その時間は勉強するのに必要なのよ、ロン！」

三人で廊下を歩きながら、ハーマイオニーが言った。

「ああ、だけど今日はちがう」ロンが言った。「今日は楽勝だと思うぜ」

「ちょっと！」

ハーマイオニーが腕を突き出して、通りがかりの四年生の男子を止めた。男の子は、ライムグリーンの円盤をしっかりつかんで、急いでハーマイオニーを追い抜こうとしていた。

「『噛みつきフリスビー』は禁止されてるわ。よこしなさい」

ハーマイオニーは厳しい口調で言った。しかめっ面の男の子は、歯をむき出しているフリスビーを渡し、ハーマイオニーの腕をくぐり抜けて友達のあとを追った。ロンはその姿が見えなくなるのを待って、ハーマイオニーの握りしめているフリスビーを引ったくった。

「上出来。これ欲しかったんだ」

ハーマイオニーが抗議する声は、大きなクスクス笑いにのまれてしまった。ラベンダー・ブラウンだった。ロンの言い方がとてもおかしいと思ったらしく、笑いながら三人を追い越し、振り返ってロンをちらりと見た。ロンは、かなり得意げだった。

大広間の天井は、高い格子窓で四角に切り取られて見える外の空と同じく、静かに青く澄み、淡い雲が霞のように流れていた。オートミールや卵、ベーコンをかっ込みながら、ハリーとロンは、昨夜のハグリッドとのばつの悪い会話をハーマイオニーに話して聞かせた。

「だけど、私たちが『魔法生物飼育学』を続けるなんて、ハグリッドったら、そんなこと、考えられるはずがないじゃない！」

ハーマイオニーも気落ちした顔になった。

「だって、私たち、いつそんなそぶりを……あの……熱中ぶりを見せたかしら？」

「まさに、そこだよ。だろ？」

ロンは目玉焼きを丸ごと飲み込んだ。

「授業で一番努力したのは僕たちだけど、ハグリッドが好きだからだよ。だけどハグリッドは、僕たちがあんなバカバカしい学科を好きだと思い込んでる。N・E・W・Tレベルで、あれを続けるやつがいると思うか？」

ハリーもハーマイオニーも答えなかったし、答える必要はなかった。同学年で「魔法生物飼育学」を続ける学生が一人もいないことは、はっきりしていた。十分後に、ハグリッドが教職員テーブルを離れ際に陽気に手を振ったときも、三人はハグリッドと目を合わせず、中途半端に手を振り返した。

食事のあと、みんなその場にとどまり、マクゴナガル先生が、教職員テーブルから降り立つのを待った。時間割を配る作業は、今年はこれまでより複雑だった。マクゴナガル先生はまず最初に、それぞれが希望するN・E・W・Tの授業に必要とされる、O・W・Lの合格点が取れているかどうかを、確認する必要があった。

ハーマイオニーは、すぐにすべての授業の継続を許された。「呪文学」「闇の魔術に対する防衛術」「変身術」「薬草学」「数占い」「古代ルーン文字学」「魔法薬学」。そして一時間目の「古代ルーン文字学」の教室にさっさと飛んでいった。ネビルは処理に少し時間がかかった。マクゴナガル先生がネビルの申込書を読み、O・W・Lの成績を照らし合わせている間、ネビルの丸顔は心配そうだった。

「『薬草学』。けっこう」先生が言った。「スプラウト先生は、あなたがO・W・Lで『O・優』を取って授業に戻ることをお喜びになるでしょう。それから『闇の魔術に対する防衛術』は、期待以上の『E・良』で資格があります。ただ、問題は『変身術』です。気の毒ですがロングボトム、『A・可』ではN・E・W・Tレベルを続けるには充分ではありません。授業についていけないだろうと思います」

ネビルはうなだれた。マクゴナガル先生は四角いめがねの奥からネビルをじっと見た。

「そもそもどうして『変身術』を続けたいのですか？　私は、あなたが特に授業を楽しんでいるという印象を受けたことはありませんが」

ネビルはみじめな様子で、「ばあちゃんが望んでいます」のようなことをつぶやいた。

「フンッ」マクゴナガル先生が鼻を鳴らした。

「あなたのおばあさまは、どういう孫を持つべきかという考えでなく、あるがままの孫を誇るべきだと気づいてもいいころです――特に魔法省での一件のあとは」

ネビルは顔中をピンクに染め、まごついて目をパチパチさせた。マクゴナガル先生は、これまで一度もネビルをほめたことがなかった。

「残念ですが、ロングボトム、私はあなたをN・E・W・Tのクラスに入れることはできません。ただ、『呪文学』では『E・良』を取っていますね――『呪文学』のN・E・W・Tを取ったらどうですか？」

「ばあちゃんが、『呪文学』は軟弱な選択だと思っています」ネビルがつぶやいた。

「『呪文学』をお取りなさい」マクゴナガル先生が言った。

「私からオーガスタに一筆入れて、思い出してもらいましょう。自分が『呪文学』のO・W・Lに落ちたからといって、学科そのものが必ずしも価値がないとは言えません」

信じられない、というようれしそうな表情を浮かべたネビルに、マクゴナガル先生はちょっとほほ笑みかけ、真っ白な時間割を杖先でたたいて、新しい授業の詳細が書き込まれた時間割を渡した。

マクゴナガル先生は、次にパーバティ・パチルに取りかかった。パーバティの最初の質問は、ハンサムなケンタウルスのフィレンツェがまだ「占い学」を教えるかどうかだった。

「今年は、トレローニー先生と二人でクラスを分担します」

マクゴナガル先生は不満そうな声で言った。先生が、「占い学」という学科を蔑視しているのは周知のことだ。

「六年生はトレローニー先生が担当なさいます」

パーバティは五分後に、ちょっと打ちしおれて「占い学」の授業に出かけた。

「さあ、ポッター、ポッターっと……」

ハリーのほうを向きながら、マクゴナガル先生は自分のノートを調べていた。

「『呪文学』『闇の魔術に対する防衛術』『薬草学』『変身術』……すべてけっこうです。あなたの『変身術』の成績には、ポッター、私自身満足しています。大変満足です。さて、なぜ『魔法薬学』を続ける申し込みをしなかったのですか？ 闇祓いになるのがあなたの志だったと思いますが？」

「そうでした。でも、先生は僕に、O・W・Lで『O・優』を取らないとだめだとおっしゃいました」

「たしかに、スネイプ先生がこの学科を教えていらっしゃる間はそうでした。しかし、スラグホーン先生はO・W・Lで『E・良』の学生でも、喜んでN・E・W・Tに受け入れます。『魔法薬学』に進みたいですか？」

「はい」ハリーが答えた。

「でも、教科書も材料も、何も買っていません――」

「スラグホーン先生が、何か貸してくださると思います」マクゴナガル先生が言った。

「よろしい。ポッター、あなたの時間割です。ああ、ところで――グリフィンドールのクィディッチ・チームに、すでに二十人の候補者が名前を連ねています。追っつけあなたにリストを渡しますから、時間があるときに選抜の日を決めればよいでしょう」

しばらくして、ロンもハリーと同じ学科を許可され、二人は一緒にテーブルを離れた。

「どうだい」ロンが時間割を眺めてうれしそうに言った。

「僕たち今が自由時間だぜ……それに休憩時間のあとに自由時間……それと昼食のあと……やったぜ！」

二人は談話室に戻った。七年生が五、六人いるだけで、がらんとしていた。ハリーが一年生でクィディッチ・チームに入ったときのオリジナル・メンバーで、ただ一人残っているケイティ・ベルもそこにいた。

「君がそれをもらうだろうと思っていたわ。おめでとう」

ケイティはハリーの胸にあるキャプテン・バッジを指して、離れた所から声をかけた。

「いつ選抜するのか教えてよ！」

「バカなこと言うなよ」ハリーが言った。

「君は選抜なんか必要ない。五年間ずっと君のプレーを見てきたんだ」

「最初からそれじゃいけないな」

ケイティが警告するように言った。

「私よりずっとうまい人がいるかもしれないじゃない。これまでだって、キャプテンが古顔ばっかり使ったり、友達を入れたりして、せっかくのいいチームをダメにした例はあるんだよ」

ロンはちょっとばつが悪そうな顔をして、ハーマイオニーが四年生から取り上げた「噛みつきフリスビー」で遊びはじめた。フリスビーは、談話室をうなり声を上げて飛びまわり、歯をむき出してタペストリーにかみつこうとした。クルックシャンクスの黄色い目がそのあとを追い、近くに飛んでくるとシャーッと威嚇した。


一時間後、二人は、太陽が降り注ぐ談話室をしぶしぶ離れ、四階下の「闇の魔術に対する防衛術」の教室に向かった。ハーマイオニーは重い本を腕いっぱい抱え、「理不尽だわ」という顔で、すでに教室の外に並んでいた。

「『ルーン文字』で宿題をいっぱい出されたの」

ハリーとロンがそばに行くと、ハーマイオニーが不安げに言った。

「エッセイを四十センチ、翻訳が二つ、それにこれだけの本を水曜日までに読まなくちゃならないのよ！」

「ご愁傷さま」ロンがあくびをした。

「見てらっしゃい」ハーマイオニーが恨めしげに言った。

「スネイプもきっと山ほど出すわよ」

その言葉が終わらないうちに教室のドアが開き、スネイプが、いつものとおり、両開きのカーテンのようなねっとりした黒髪で縁取られた土気色の顔で、廊下に出てきた。行列がたちまち、シーンとなった。

「中へ」スネイプが言った。

ハリーは、あたりを見回しながら入った。スネイプはすでに、教室にスネイプらしい個性を持ち込んでいた。窓にはカーテンが引かれていつもより陰気くさく、ろうそくで明かりを取っている。壁にかけられた新しい絵の多くは、身の毛もよだつけがや奇妙にねじ曲がった体の部分をさらして、痛み苦しむ人の姿だった。薄暗い中で凄惨な絵を見回しながら、生徒たちは無言で席に着いた。

「我輩はまだ教科書を出せとは頼んでおらん」

ドアを閉め、生徒と向き合うため教壇の机に向かって歩きながら、スネイプが言った。ハーマイオニーはあわてて『顔のない顔に対面する』の教科書をかばんに戻し、椅子の下に置いた。

「我輩が話をする。充分傾聴するのだ」

暗い目が、顔を上げている生徒たちの上を漂った。ハリーの顔に、ほかの顔よりわずかに長く視線が止まった。

「我輩が思うに、これまで諸君はこの学科で五人の教師に習った」

――思う？……スネイプめ、全員が次々といなくなるのを見物しながら、今度こそ自分がその職に就きたいと思っていたくせに――ハリーは心の中で痛烈に嘲った。

「当然、こうした教師たちは、それぞれ自分なりの方法と好みを持っていた。そうした混乱にもかかわらず、かくも多くの諸君がからくもこの学科のO・W・L合格点を取ったことに、我輩は驚いておる。N・E・W・Tはそれよりずっと高度であるからして、諸君が全員それについてくるようなことがあれば、我輩はさらに驚くであろう」

スネイプは、今度は低い声で話しながら教室の端を歩きはじめ、クラス中が首を伸ばしてスネイプの姿を見失わないようにした。

「『闇の魔術』は」スネイプが言った。「多種多様、千変万化、流動的にして永遠なるものだ。それと戦うということは、多くの頭を持つ怪物と戦うに等しい。首を一つ切り落としても別の首が、しかも前より獰猛で賢い首が生えてくる。諸君の戦いの相手は、固定できず、変化し、破壊不能なものだ」

ハリーはスネイプを凝視した。危険な敵である「闇の魔術」をあなどるべからずというのならうなずける。しかし、今のスネイプのように、やさしく愛撫するような口調で語るのは、話がちがうだろう？

「諸君の防衛術は」スネイプの声がわずかに高くなった。「それ故、諸君が破ろうとする相手の術と同じく、柔軟にして創意的でなければならぬ。これらの絵は――」

絵の前を早足で通り過ぎながら、スネイプは何枚かを指差した。

「術にかかった者たちがどうなるかを正しく表現している。たとえば『磔の呪文』の苦しみ（スネイプの手は、明らかに苦痛に悲鳴を上げている魔女の絵を指していた）、『吸魂鬼の接吻』の感覚（壁にぐったりと寄りかかり、うつろな目をしてうずくまる魔法使い）、『亡者』の攻撃を挑発した者（地上に血だらけの塊）」

「それじゃ、『亡者』が目撃されたんですか？」

パーバティ・パチルがかん高い声で聞いた。

「まちがいないんですか？　『あの人』がそれを使っているんですか？」

「『闇の帝王』は過去に『亡者』を使った」スネイプが言った。

「となれば、再びそれを使うかもしれぬと想定するのが賢明というものだ。さて……」

スネイプは教室の後ろを回り込み、教壇の机に向かって教室の反対側の端を歩きだした。黒いマントをひるがえして歩くその姿を、クラス全員がまた目で追った。

「……諸君は、我輩の見るところ、無言呪文の使用に関してはずぶの素人だ。無言呪文の利点は何か？」

ハーマイオニーの手がサッと挙がった。スネイプはほかの生徒を見渡すのに時間をかけたが、選択の余地がないことを確認してからやっと、ぶっきらぼうに言った。

「それでは――ミス・グレンジャー？」

「こちらがどんな魔法をかけようとしているかについて、敵対者に何の警告も発しないことです」ハーマイオニーが答えた。

「それが、一瞬の先手を取るという利点になります」

「『基本呪文集・六学年用』と、一字一句たがわぬ丸写しの答えだ」

スネイプがそっけなく言った（隅にいたマルフォイがせせら笑った）。

「しかし、おおむね正解だ。さよう。呪文を声高に唱えることなく魔法を使う段階に進んだ者は、呪文をかける際、驚きという要素の利点を得る。言うまでもなく、すべての魔法使いが使える術ではない。集中力と意思力の問題であり、こうした力は、諸君の何人かに――」

スネイプは再び、悪意に満ちた視線をハリーに向けた。

「欠如している」

スネイプが、先学年の惨憺たる「閉心術」の授業のことを念頭に置いているのはわかっていた。ハリーは意地でもその視線をはずすまいと、スネイプをにらみつけ、やがてスネイプが視線をはずした。

「これから諸君は」スネイプが言葉を続けた。「二人一組になる。一人が無言で相手に呪いをかけようとする。相手も同じく無言でその呪いを跳ね返そうとする。始めたまえ」

スネイプは知らないのだが、ハリーは先学年、このクラスの半数に(DAのメンバーだった者全員に)「盾の呪文」を教えた。しかし、無言で呪文をかけたことがある者は一人としていない。しばらくすると、当然のごまかしが始まり、声に出して呪文を唱えるかわりに、ささやくだけの生徒がたくさんいた。十分後には、例によってハーマイオニーが、ネビルのつぶやく「くらげ足の呪い」を一言も発せずに跳ね返すのに成功した。まっとうな先生なら、グリフィンドールに二十点を与えただろうと思われる見事な成果なのに――ハリーは悔しかったが、スネイプは知らぬふりだ。相変わらず育ち過ぎたコウモリそのものの姿で、生徒が練習する間をバサーッと動き回り、課題に苦労しているハリーとロンを、立ち止まって眺めた。

ハリーに呪いをかけるはずのロンは、呪文をブツブツ唱えたいのをこらえて唇を固く結び、顔を紫色にしていた。ハリーは呪文を跳ね返そうと杖をかまえ、永久にかかってきそうもない呪いを、やきもきと待ちかまえていた。

「悲劇的だ、ウィーズリー」しばらくしてスネイプが言った。「どれ――我輩が手本を――」

スネイプがあまりにすばやく杖をハリーに向けたので、ハリーは本能的に反応した。無言呪文など頭から吹っ飛び、ハリーは叫んだ。

「プロテゴ！　護れ！」

「盾の呪文」があまりに強烈で、スネイプはバランスを崩して机にぶつかった。クラス中が振り返り、スネイプが険悪な顔で体勢を立てなおすのを見つめた。

「我輩が無言呪文を練習するように言ったのを、覚えているのか、ポッター？」

「はい」ハリーはつっぱった。

「はい、先生」

「僕に『先生』なんて敬称をつけていただく必要はありません、先生」

自分が何を言っているか考える間もなく、言葉が口をついて出ていた。ハーマイオニーをふくむ何人かが息をのんだ。しかし、スネイプの背後では、ロン、ディーン、シェーマスがよくぞ言ったとばかりニヤリと笑った。

「罰則。土曜の夜。我輩の部屋」スネイプが言った。「何人たりとも、我輩に向かって生意気な態度は許さんぞ、ポッター……たとえ『選ばれし者』であってもだ」

「あれはよかったぜ、ハリー！」

それからしばらくして、休憩時間に入り、安全な場所まで来ると、ロンがうれしそうに高笑いした。

「あんなこと言うべきじゃなかったわ」

ハーマイオニーは、ロンをにらみながら言った。

「どうして言ったの？」

「あいつは僕に呪いをかけようとしたんだ。もし気づいてなかったのなら言うけど！」

ハリーは、いきりたって言った。

「僕は『閉心術』の授業で、そういうのをいやというほど経験したんだ！　たまにはほかのモルモットを使ったらいいじゃないか？　だいたいダンブルドアは何をやってるんだ？　あいつに『防衛術』を教えさせるなんて！　あいつが『闇の魔術』のことをどんなふうに話すか聞いたか？　あいつは『闇の魔術』に恋してるんだ！　『千変万化、破壊不能』とか何とか——」

「でも」ハーマイオニーが言った。

「私は、何だかあなたみたいなことを言ってるなと思ったわ」

「**僕**みたいな？」

「ええ。ヴォルデモートと対決するのはどんな感じかって、私たちに話してくれたときだけど。あなたはこう言ったわ。呪文をごっそり覚えるのとはちがう、たった一人で、自分の頭と肝っ玉だけしかないんだって——それ、スネイプが言っていたことじゃない？　結局は勇気とすばやい思考だってこと」

ハーマイオニーが自分の言葉をまるで『基本呪文集』と同じように暗記する価値があると思っていてくれたことで、ハリーはすっかり毒気を抜かれ、反論もしなかった。

「ハリー、よう、ハリー！」

振り返るとジャック・スローパーだった。前年度のグリフィンドール・クィディッチ・チームのビーターの一人だ。羊皮紙の巻き紙を持って急いでやってくる。

「君宛だ」

スローパーは息を切らしながら言った。

「おい、君が新しいキャプテンだって聞いたけど、選抜はいつだ？」

「まだはっきりしない」

スローパーがチームに戻れたら、それこそ幸運というものだ、とハリーは内心そう思った。

「知らせるよ」

「ああ、そうかぁ。今度の週末だといいなと思ったんだけど――」

ハリーは聞いてもいなかった。羊皮紙に書かれた細長い斜め文字には見覚えがあった。まだ言い終わっていないスローパーを置き去りにして、ハリーは羊皮紙を開きながら、ロンとハーマイオニーと一緒に急いで歩き出した。

親愛なるハリー
土曜日に個人教授を始めたいと思う。午後八時にわしの部屋にお越し願いたい。
今学期最初の一日を、君が楽しく過ごしていることを願っておる。

敬具

アルバス・ダンブルドア

追伸　わしは「ペロペロ酸飴」が好きじゃ。

「『ペロペロ酸飴』が好きだって？」

ハリーの肩越しに手紙をのぞき込んでいたロンが、わけがわからないという顔をした。

「校長室の外にいる、怪獣像を通過するための合言葉なんだ」

ハリーが声を落とした。

「ヘンッ！　スネイプはおもしろくないぞ……僕の罰則がふいになる！」

休憩の間中、ハリー、ロン、ハーマイオニーは、ダンブルドアがハリーに何を教えるのだろうと推測し合った。ロンは、死喰い人が知らないような、ものすごい呪いとか呪詛である可能性が高いと言った。ハーマイオニーはそういうものは非合法だと言い、むしろダンブルドアは、ハリーに高度な防衛術を教えたがっているのだろうと言った。

休憩のあと、ハーマイオニーは「数占い」に出かけ、ハリーとロンは談話室に戻って、いやいやながらスネイプの宿題に取りかかった。それがあまりにも複雑で、昼食後の自由時間にハーマイオニーが二人の所に来たときにも、まだ終わっていなかった（もっとも、ハーマイオニーのおかげで、宿題の進み具合が相当早まった）。午後の授業開始のベルが鳴ったときに、やっと二人は宿題を終えた。三人は二時限続きの魔法薬学の授業を受けに、これまで長いことスネイプの教室だった地下牢教室に向かって、通い慣れた通路を下りていった。

教室の前に並んで見回すと、N・E・W・Tレベルに進んだ生徒はたった十二人しかいなかった。クラッブとゴイルが、O・W・Lの合格点を取れなかったのは明らかだったが、スリザリンからはマルフォイをふくむ四人が残っていた。レイブンクローから四人、ハッフルパフからはアーニー・マクミランが一人だった。アーニーは気取ったところがあるが、ハリーは好きだった。

「ハリー」

ハリーが近づくと、アーニーはもったいぶって手を差し出した。

「今朝は『闇の魔術に対する防衛術』で声をかける機会がなくて。僕はいい授業だと思ったね。

もっとも、『盾の呪文』なんかは、かのDA常習犯である我々にとっては、むろん旧聞に属する呪文だけど……やあ、ロン、元気ですか？――ハーマイオニーは？」

二人が「元気」までしか言い終わらないうちに、地下牢の扉が開き、スラグホーンが腹を先にして教室から出てきた。生徒が列をなして教室に入るのを迎えながら、スラグホーンはニッコリ笑い、巨大なセイウチひげもその上でニッコリの形になっていた。ハリーとザビニに対して、スラグホーンは特別に熱い挨拶をした。

地下牢は常日頃とちがって、すでに蒸気や風変わりな臭気に満ちていた。ハリー、ロン、ハーマイオニーは、ぐつぐつ煮え立ついくつもの大鍋のそばを通り過ぎながら、何だろうと鼻をヒクヒクさせた。スリザリン生四人が一つのテーブルを取り、レイブンクロー生も同様にした。残ったハリー、ロン、ハーマイオニーとアーニーは、一緒のテーブルに着くことになった。

四人は金色の大鍋に一番近いテーブルを選んだ。この鍋は、ハリーが今までにかいだ中でも最も蠱惑的な香りの一つを発散していた。なぜかその香りは、糖蜜パイや箒の柄のウッディな匂い、そして「隠れ穴」でかいだのではないかと思われる、花のような芳香を同時に思い起こさせた。ハリーは知らぬ間にその香りをゆっくりと深く吸い込み、香りを飲んだかのように、自分が薬の香気に満たされているのを感じた。いつの間にかハリーは大きな満足感に包まれ、ロンに向かって笑いかけた。ロンものんびりと笑いを返した。

「さて、さて、さーてと」

スラグホーンが言った。巨大な塊のような姿が、いく筋も立ち昇る湯気の向こうでゆらゆら揺れて見えた。

「みんな、はかりを出して。魔法薬キットもだよ。それに『上級魔法薬』の……」

「先生？」ハリーが手を挙げた。

「ハリー、どうしたのかね？」

「僕は本もはかりも何も持っていません――ロンもです――僕たちN・E・W・Tが取れるとは思わなかったものですから、あの――」

「ああ、そうそう。マクゴナガル先生がたしかにそうおっしゃっていた……心配にはおよばんよ、ハリー、まったく心配ない。今日は貯蔵棚にある材料を使うといい。はかりも問題なく貸してあげられるし、教科書も古いのが何冊か残っている。『フローリシュ・アンド・ブロッツ』に手紙で注文するまでは、それで間に合うだろう……」

スラグホーンは隅の戸棚にズンズン歩いていき、中をガザガサやっていたが、やがて、だいぶくたびれた感じのリバチウス・ボラージ著『上級魔法薬』を二冊引っぱり出した。スラグホーンは、黒ずんだはかりと一緒にその教科書を、ハリーとロンに渡した。

「さーてと」

スラグホーンは教室の前に戻り、もともとふくれている胸をさらにふくらませた。ベストのボタンがはじけ飛びそうだ。

「みんなに見せようと思って、いくつか魔法薬を煎じておいた。ちょっとおもしろいと思ったのでね。N・E・W・Tを終えたときには、こういうものを煎じることができるようになっているはずだ。まだ調合したことがなくとも、名前ぐらい聞いたことがあるはずだ。これが何だか、わかる者はおるかね？」

スラグホーンは、スリザリンのテーブルに一番近い大鍋を指した。ハリーが椅子からちょっと腰を浮かして見ると、単純に湯が沸いているように見えた。

挙げる修練を充分に積んでいるハーマイオニーの手が、真っ先に天を突いた。スラグホーンはハーマイオニーを指した。

「『真実薬』です。無色無臭で、飲んだ者に無理やり真実を話させます」ハーマイオニーが答えた。

「大変よろしい、大変よろしい！」スラグホーンがうれしそうに言った。

「さて」スラグホーンがレイブンクローのテーブルに近い大鍋を指した。

「ここにあるこれは、かなりよく知られている……最近、魔法省のパンフレットにも特記されていた……誰か――？」

またしてもハーマイオニーの手が一番早かった。

「はい先生、『ポリジュース薬』です」

ハリーだって、二番目の大鍋でゆっくりとぐつぐつ煮えている、泥のようなものが何かはわかっていた。しかし、ハーマイオニーがその質問に答えるという手柄を立てても恨みには思わなかった。二年生のときにあの薬を煎じるのに成功したのは、結局ハーマイオニーだったのだから。

「よろしい、よろしい！　さて、こっちだが……おやおや？」

ハーマイオニーの手がまた天を突いたので、スラグホーンはちょっと面食らった顔をした。

「アモルテンシア、『魅惑万能薬』！」

「そのとおり。聞くのはむしろやぼだと言えるだろうが」

スラグホーンは大いに感心した顔で言った。

「どういう効能があるかを知っているだろうね？」

「世界一強力な愛の妙薬です」ハーマイオニーが答えた。

「正解だ！　察するに、真珠貝のような独特の光沢でわかったのだろうね？」

「それに、湯気が独特のらせんを描いています」ハーマイオニーが熱っぽく言った。

「そして、何にひかれるかによって、一人一人ちがった匂いがします。私には刈ったばかりの芝生や新しい羊皮紙や――」

しかし、ハーマイオニーはちょっとほおを染め、最後までは言わなかった。

「君のお名前を聞いてもいいかね？」

ハーマイオニーがどぎまぎしているのは無視して、スラグホーンが尋ねた。

「ハーマイオニー・グレンジャーです、先生」

「グレンジャー？　グレンジャー？　ひょっとして、ヘクター・ダグワース－グレンジャーと関係はないかな？　超一流魔法薬師協会の設立者だが？」

「いいえ、ないと思います。私はマグル生まれですから」

マルフォイがノットのほうに体を傾けて、何か小声で言うのをハリーは見た。二人ともせせら笑っている。しかしスラグホーンはまったくうろたえる様子もなく、逆にニッコリ笑って、ハーマイオニーと隣にいるハリーとを交互に見た。

「ほっほう！『**僕の友達の一人もマグル生まれです。しかもその人は学年で一番です！**』。察するところ、この人が、ハリー、まさに君の言っていた友達だね？」

「そうです、先生」ハリーが言った。

「さあ、さあ、ミス・グレンジャー、あなたがしっかり獲得した二十点を、グリフィンドールに差し上げよう」スラグホーンが愛想よく言った。

マルフォイは、かつてハーマイオニーに顔面パンチを食らったときのような表情をした。ハーマイオニーは顔を輝かせてハリーを振り向き、小声で言った。

「ほんとうにそう言ったの？　私が学年で一番だって？　まあ、ハリー！」

「でもさ、そんなに感激することか？」

ロンはなぜか気分を害した様子で、小声で言った。

「君はほんとに学年で一番だし――先生が僕に聞いてたら、僕だってそう言ったぜ！」

ハーマイオニーはほほ笑んだが、「シーッ」という動作をした。スラグホーンが何か言おうとしていたからだ。ロンはちょっとふて腐れた。

「『魅惑万能薬』はもちろん、実際に愛を創り出すわけではない。愛を創ったり模倣したりすることは不可能だ。それはできない。この薬は単に強烈な執着心、または強迫観念を引き起こす。この教室にある魔法薬の中では、おそらく一番危険で強力な薬だろう――ああ、そうだとも」

スラグホーンは、小ばかにしたようにせせら笑っているマルフォイとノットに向かって重々しくうなずいた。

「わたしぐらい長く人生を見てくれば、妄執的な愛の恐ろしさをあなどらないものだ……」

「さてそれでは」スラグホーンが言った。「実習を始めよう」

「先生、これが何かを、まだ教えてくださっていません」

アーニー・マクミランが、スラグホーンの机に置いてある小さな黒い鍋を指しながら言った。中の魔法薬が、楽しげにピチャピチャ跳ねている。金を溶かしたような色で、表面から金魚が跳び上がるようにしぶきがはねているのに、一滴もこぼれてはいなかった。

「ほっほう」

口ぐせが出た。スラグホーンは、この薬を忘れていたわけではなく、劇的な効果をねらって、誰かが質問するのを待っていた。そうにちがいないとハリーは思った。

「そう。これね。さて、これこそは、紳士淑女諸君、最も興味深い、ひとくせある魔法薬で、『フェリックス・フェリシス』という。きっと」

スラグホーンはほほ笑みながら、あっと声を上げて息をのんだハーマイオニーを見た。

「君は、『フェリックス・フェリシス』が何かを知っているね？　ミス・グレンジャー？」

「幸運の液体です」ハーマイオニーが興奮気味に言った。

「人に幸運をもたらします！」

クラス中が背筋を正したようだった。マルフォイもついに、スラグホーンに全神経を集中させたらしく、ハリーの所からはなめらかなブロンドの髪の後頭部しか見えなくなった。

「そのとおり。グリフィンドールにもう十点あげよう。そう。この魔法薬はちょっとおもしろい。『フェリックス・フェリシス』はね」スラグホーンが言った。「調合が恐ろしく面倒で、まちがえると惨憺たる結果になる。しかし、正しく煎じれば、ここにあるのがそうだが、すべてのくわだてが成功に傾いていくのがわかるだろう……少なくとも薬効が切れるまでは」

「先生、どうしてみんな、しょっちゅう飲まないんですか？」

テリー・ブートが勢い込んで聞いた。

「それは、飲み過ぎると有頂天になったり、無謀になったり、危険な自己過信におちいるからだ」スラグホーンが答えた。

「過ぎたるはなお、ということだな……大量に摂取すれば毒性が高い。しかし、ちびちびと、ほんのときどきなら……」

「先生は飲んだことがあるんですか？」マイケル・コーナーが興味津々で聞いた。

「二度ある」スラグホーンが言った。

「二十四歳のときに一度、五十七歳のときにも一度。朝食と一緒に大さじ二杯だ。完全無欠な二日だった」

スラグホーンは、夢見るように遠くを見つめた。演技しているのだとしても――と、ハリーは思った――効果は抜群だった。

「そしてこれを」

スラグホーンは、現実に引き戻されたような雰囲気で言った。

「今日の授業のほうびとして提供する」

しんとなった。周りの魔法薬がグツグツ、ブツブツいう音がいっせいに十倍になったようだった。

「フェリックス・フェリシスの小瓶一本」

スラグホーンはコルク栓をした小さなガラス瓶をポケットから取り出して全員に見せた。

「十二時間分の幸運に充分な量だ。明け方から夕暮れまで、何をやってもラッキーになる」

「さて、警告しておくが、フェリックス・フェリシスは組織的な競技や競争事では禁止されている……たとえばスポーツ競技、試験や選挙などだ。これを獲得した生徒は、通常の日にだけ使用すること……そして通常の日がどんなに異常にすばらしくなるかをごろうじろ！」

「そこで」

スラグホーンは急にきびきびした口調になった。

「このすばらしい賞をどうやって獲得するか？　さあ、『上級魔法薬』の一〇ページを開くことだ。あと一時間と少し残っているが、その時間内に、『生ける屍の水薬』にきっちりと取り組んでいただこう。これまで君たちが習ってきた薬よりずっと複雑なことはわかっているから、誰にも完璧な仕上がりは期待していない。しかし、一番よくできた者が、この愛すべき『フェリックス』を獲得する。さあ、始め！」

それぞれが大鍋を手元に引き寄せる音がして、はかりにおもりをのせる、コツンコツンという大きな音も聞こえてきた。誰も口をきかなかった。部屋中が固く集中する気配は、手でさわれるかと思うほどだった。マルフォイを見ると、『上級魔法薬』を夢中でめくっていた。マルフォイが、何としても幸運な日が欲しいと思っているのは、一目瞭然だった。ハリーも急いで、スラグホーンが貸してくれたぼろぼろの本をのぞき込んだ。

前の持ち主がページいっぱいに書き込みをしていて、余白が本文と同じくらい黒々としているのには閉口した。いっそう目を近づけて材料を何とか読み取り（前の持ち主は材料の欄にまでメモを書き込んだり、活字を線で消したりしていた）、必要な物を取りに材料棚に急いだ。大急ぎで自分の大鍋に戻るときに、マルフォイが全速力でカノコソウの根を刻んでいるのが見えた。

全員が、ほかの生徒のやっていることをちらちら盗み見ていた。魔法薬学のよい点でも悪い点でもあるが、自分の作業を隠すことは難しかった。十分後、あたり全体に青みがかった湯気が立ち込めた。言うまでもなく、ハーマイオニーが一番進んでいるようだった。煎じ薬がすでに、教科書に書かれている理想的な中間段階、「なめらかなクロスグリ色の液体」になっていた。

ハリーも根っこを刻み終わり、もう一度本をのぞき込んだ。前の所有者のバカバカしい走り書きがじゃまで、教科書の指示が判読しにくいのにはまったくいらいらさせられた。この所有者は、なぜか「催眠豆」の切り方の指示に難癖をつけ、別の指示を書き込んでいた。

「**銀の小刀の平たい面で砕け。切るより多くの汁が出る**」

「先生、僕の祖父のアブラクサス・マルフォイをご存じですね？」

ハリーは目を上げた。スラグホーンがスリザリンのテーブルを通り過ぎるところだった。

「ああ」スラグホーンはマルフォイを見ずに答えた。

「お亡くなりになったと聞いて残念だった。もっとも、もちろん、予期せぬことではなかった。

あの年での龍痘だし……」

そしてスラグホーンはそのまま歩き去った。ハリーはニヤッと笑いながら再び自分の大鍋にかがみ込んだ。マルフォイは、ハリーやザビニと同じような待遇を期待したにちがいない。おそらくスネイプに特別扱いされるくせがついていて、同じような待遇を望んだのかもしれない。しかし、「フェリックス・フェリシス」の瓶を獲得するには、マルフォイ自身の才能に頼るしかないようだ。

「催眠豆」はとても刻みにくかった。ハリーはハーマイオニーを見た。

「君の銀のナイフ、借りてもいいかい？」

ハーマイオニーは自分の薬から目を離さず、いらいらとうなずいた。薬はまだ深い紫色をしている。教科書によれば、もう明るいライラック色になっているはずなのだ。

ハリーは小刀の平たい面で豆を砕いた。驚いたことに、たちまち、こんなしなびた豆のどこにこれだけの汁があったかと思うほどの汁が出てきた。急いで全部すくって大鍋に入れると、なんと、薬はたちまち教科書どおりのライラック色に変わった。

前の所有者を不快に思う気持ちは、たちまち吹っ飛んだ。今度は目を凝らして次の行を読んだ。教科書によると、薬が水のように澄んでくるまで時計と反対回りに撹拌しなければならない。

しかし追加された書き込みでは、七回攪拌するごとに、一回時計回りを加えなければならない。書き込みは二度目も正しいのだろうか？

ハリーは時計と反対回りにかき回し、息を止めて、時計回りに一回かき回した。たちまち効果が現れた。薬はごく淡いピンク色に変わった。

「どうやったらそうなるの？」

顔を真っ赤にしたハーマイオニーが詰問した。大鍋からの湯気でハーマイオニーの髪はますますふくれ上がっていた。しかし、ハーマイオニーの薬は頑としてまだ紫色だった。

「時計回りの攪拌を加えるんだ――」

「だめ、だめ。本では時計と反対回りよ！」ハーマイオニーがピシャリと言った。

ハリーは肩をすくめ、同じやり方を続けた。七回時計と反対、一回時計回り、休み……七回時計と反対、一回時計回り……。

テーブルのむかい側で、ロンが低い声で絶え間なく悪態をついていた。ロンの薬は液状の甘草飴のようだった。ハリーはあたりを見回した。目の届くかぎり、ハリーの薬のような薄い色になっている薬は一つもない。ハリーは気持ちが高揚した。この地下牢でそんな気分になったことは、これまで一度もない。

「さあ、時間……終了！」スラグホーンが声をかけた。「攪拌、やめ！」

スラグホーンは大鍋をのぞき込みながら、何も言わずに、ときどき薬をかき回したり、臭いをかいだりして、ゆっくりとテーブルをめぐった。ついに、ハリー、ロン、ハーマイオニーとアーニーのテーブルの番が来た。ロンの大鍋のタール状の物質を見て、スラグホーンは気の毒そうな笑いを浮かべ、アーニーの濃紺の調合物は素通りした。ハーマイオニーの薬には、よしよしとうなずいた。次にハリーのを見たとたん、信じられないという喜びの表情がスラグホーンの顔に広がった。

「紛れもない勝利者だ！」スラグホーンは地下牢中に呼ばわった。

「すばらしい、すばらしい、ハリー！　なんと、君は明らかに母親の才能を受け継いでいる。彼女は魔法薬の名人だった。あのリリーは！　さあ、さあ、これを――約束の『フェリックス・フェリシス』の瓶だ。上手に使いなさい！」

ハリーは金色の液体が入った小さな瓶を、内ポケットにすべり込ませた。妙な気分だった。スリザリン生の怒った顔を見るのはうれしかったが、ハーマイオニーのがっかりした顔を見ると罪悪感を感じた。ロンはただ驚いて口もきけない様子だった。

「どうやったんだ？」

地下牢を出るとき、ロンが小声で聞いた。

「ラッキーだったんだろう」

マルフォイが声の届く所にいたので、ハリーはそう答えた。

しかし、夕食のグリフィンドールの席に落ち着いたときには、ハリーは二人に話しても、もう安全だと思った。ハリーが一言話を進めるたびに、ハーマイオニーの顔はだんだん石のように固くなった。

「僕が、ずるしたと思ってるんだろ？」

ハーマイオニーの表情にいらいらしながら、ハリーは話し終えた。

「まあね、正確にはあなた自身の成果だとは言えないでしょ？」

ハーマイオニーが固い表情のままで言った。

「僕たちとはちがうやり方に従っただけじゃないか」ロンが言った。

「大失敗になったかもしれないだろ？　だけどその危険をおかした。そしてその見返りがあった」ロンはため息をついた。「スラグホーンは僕にその本を渡してたかもしれないのに、はずれだったなぁ。僕の本には誰も何にも書き込みしてなかった。ゲロしてた。五二ページの感じでは。だけど――」

「ちょっと待ってちょうだい」

ハリーの左耳の近くで声がすると同時に、突然ハリーは、スラグホーンの地下牢でかいだあの花のような香りが漂ってくるのを感じた。見回すとジニーがそばに来ていた。

「聞きちがいじゃないでしょうね？　ハリー、あなた、誰かが書き込んだ本の命令に従っていたの？」

ジニーは動揺し、怒っていた。何を考えているのか、ハリーにはすぐわかった。

「何でもないよ」

ハリーは低い声で、安心させるように言った。

「あれとはちがうんだ、ほら、リドルの日記とは。誰かが書き込みをした古い教科書にすぎないんだから」

「でも、あなたは、書いてあることに従ったんでしょう？」

「余白に書いてあったヒントを、いくつか試してみただけだよ。ほんと、ジニー、何にも変なことは――」

「ジニーの言うとおりだわ」

ハーマイオニーがたちまち活気づいた。

「その本におかしなところがないかどうか、調べてみる必要があるわ。だって、いろいろ変な指示があるし。もしかしたらってこともあるでしょ？」

「おい！」

ハーマイオニーがハリーのかばんから『上級魔法薬』の本を取り出し、杖を上げたので、ハリーは憤慨した。

「スペシアリス・レベリオ！　化けの皮、はがれよ！」

ハーマイオニーは表紙をすばやくコツコツたたきながら唱えた。

何にも、いっさい何にも起こらなかった。教科書はおとなしく横たわっていた。古くて汚くて、ページの角が折れているだけの本だった。

「終わったかい？」

ハリーがいらいらしながら言った。

「それとも、二、三回とんぼ返りするかどうか、様子を見てみるかい？」

「大丈夫そうだわ」

ハーマイオニーはまだ疑わしげに本を見つめていた。

「つまり、見かけはたしかに……ただの教科書」

「よかった。それじゃ返してもらうよ」

ハリーはパッとテーブルから本を取り上げたが、手がすべって床に落ち、本が開いた。ほかには誰も見ていなかった。ハリーはかがんで本を拾ったが、その拍子に、裏表紙の下のほうに何か書いてあるのが見えた。小さな読みにくい手書き文字だ。今はハリーの寝室のトランクの中に、ソックスに包んで安全に隠してある、あのフェリックス・フェリシスの瓶を獲得させてくれた指示書きと同じ筆跡だった。

「半純血のプリンス蔵書」

つづく

J.K. ローリング 作

不朽の人気を誇る「ハリー・ポッター」シリーズの著者。1990年、旅の途中の遅延した列車の中で「ハリー・ポッター」のアイデアを思いつくと、全7冊のシリーズを構想して執筆を開始。1997 年に第1巻『ハリー・ポッターと賢者の石』が出版、その後、完結までにはさらに10年を費やし、2007年に第7巻となる『ハリー・ポッターと死の秘宝』が出版された。シリーズは現在85の言語に翻訳され、発行部数は6億部を突破、オーディオブックの累計再生時間は10億時間以上、制作された8本の映画も大ヒットとなった。また、シリーズに付随して、チャリティのための短編『クィディッチ今昔』と『幻の動物とその生息地』(ともに慈善団体〈コミック・リリーフ〉と〈ルーモス〉を支援)、『吟遊詩人ビードルの物語』(〈ルーモス〉を支援)も執筆。『幻の動物とその生息地』は魔法動物学者ニュート・スキャマンダーを主人公とした映画「ファンタスティック・ビースト」シリーズが生まれるきっかけとなった。大人になったハリーの物語は舞台劇『ハリー・ポッターと呪いの子』へと続き、ジョン・ティファニー、ジャック・ソーンとともに執筆した脚本も書籍化された。その他の児童書に『イッカボッグ』(2020年)『クリスマス・ピッグ』(2021年)があるほか、ロバート・ガルブレイスのペンネームで発表し、ベストセラーとなった大人向け犯罪小説「コーモラン・ストライク」シリーズも含め、その執筆活動に対し多くの賞や勲章を授与されている。J.K. ローリングは、慈善信託〈ボラント〉を通じて多くの人道的活動を支援するほか、性的暴行を受けた女性の支援センター〈ベイラズ・プレイス〉、子供向け慈善団体〈ルーモス〉の創設者でもある。

J.K. ローリングに関するさらに詳しい情報はjkrowlingstories.comで。

松岡佑子（まつおかゆうこ） 訳

翻訳家。国際基督教大学卒、モントレー国際大学院大学国際政治学修士。日本ペンクラブ会員。スイス在住。訳書に「ハリー・ポッター」シリーズ全7巻のほか、「少年冒険家トム」シリーズ、映画オリジナル脚本版「ファンタスティック・ビースト」シリーズ、『ブーツをはいたキティのはなし』『とても良い人生のために』『イッカボッグ』『クリスマス・ピッグ』（以上静山社）がある。

静山社ペガサス文庫

ハリー・ポッター 14

ハリー・ポッターと謎（なぞ）のプリンス〈新装版（しんそうばん）〉6-1

2024年10月8日　第 1 刷発行

作者　J.K.ローリング
訳者　松岡佑子
発行者　松岡佑子
発行所　株式会社静山社
〒102-0073 東京都千代田区九段北1-15-15
電話・営業 03-5210-7221
https://www.sayzansha.com
装画　ダン・シュレシンジャー
装丁　城所 潤（ジュン・キドコロ・デザイン）
印刷・製本　中央精版印刷株式会社

ISBN 978-4-86389-873-8　Printed in Japan
Published by Say-zan-sha Publications Ltd.

「静山社ペガサス文庫」創刊のことば

小さくてもきらりと光る、星のような物語を届けたい――一九七九年の創業以来、静山社が抱き続けてきた願いをこめて、少年少女のための文庫「静山社ペガサス文庫」を創刊します。

読書は、みなさんの心に眠っている想像の羽を広げ、未知の世界へいざないます。読書体験をとおしてつちかわれた想像力は、楽しいとき、苦しいとき、悲しいとき、どんなときにも、みなさんに勇気を与えてくれるでしょう。

ギリシャ神話に登場する天馬・ペガサスのように、大きなつばさとたくましい足、しなやかな心で、みなさんが物語の世界を、自由にかけまわってくださることを願っています。

二〇一四年

静山社